W0302235

CLASSIQUES & CIE LYCÉE

Fouad Laroui

De quel amour blessé

(1998)

Texte intégral suivi d'un dossier critique pour la préparation du bac français

Notes et dossier
Nunzio Casalaspro
agrégé de lettres modernes

Avec le partenariat du
CRDP de Paris

Hatier

LE TEXTE

DE QUEL AMOUR BLESSÉ

LE DOSSIER

REPÈRES BIOGRAPHIQUES ET CULTURELS

PISTES DE LECTURE ET EXERCICES

Conception graphique de la maquette :
texte : c-album, Jean-Baptiste Taisne, Rachel Pfleger
dossier : Jehanne Marie Husson
Principe de couverture : Double
Mise en pages : Chesteroc Ltd
Iconographie : Hatier Illustration
Suivi éditional : Luce Camus

ISBN : 978-2-218-97165-5

OBJECTIF BAC

POUR ALLER PLUS LOIN

DE QUEL
AMOUR BLESSÉ

Personnages

JAMAL, jeune Français d'origine maghrébine, comme on dit dans la presse.
JUDITH, sa « fiancée », comme on dit dans le Midi.
ABAL-KHAÏL, père de Jamal.
MINA, mère de Jamal.
MONSIEUR TOUATI, père de Judith.
GLUARD, journaliste.
MOHAMED, dit MOMO, frère de Jamal.
TARIK, on ne gagne rien à le connaître.
SALOMON, alibi.
Les frères BENARROCH, cogneurs.

Divers gendarmes.
Un mage sénégalais et son acolyte, des policiers.
Un narrateur.

Cette histoire se passe à Paris

La rue de Charonne, je ne saurais la décrire, car elle change tout le temps, et moi aussi. Jusqu'au début des années quatre-vingt, un passage mystérieux s'ouvrait comme une entaille dans ses flancs, à la hauteur du 172. Il menait vers des échoppes[1] qui auraient pu illustrer un livre sur les petits métiers en voie de disparition : il y avait là un cordonnier, un bombeur de verre et peut-être un rémouleur[2]. On y maniait la fourche et la pince à gruger[3].

Tout cela a été nivelé. Tout cela a cédé la place à un grand bâtiment de verre et de béton qui ne se laisse pas décrire. D'un banal fini, sans artifice, très fonctionnel.

Plus bas, il y avait une rangée d'immeubles du type « Hôtel du Nord ». On a tout rasé, il n'en reste que le souvenir. On appelle ça la ZAC Dorian. *Zac Dorian ?* « Un promoteur arménien », assure dans un haussement d'épaules fataliste le boulanger, peu ferré en acronymes[4].

Si l'on se plante au milieu de la rue de Charonne, on peut pourtant avoir l'illusion que jamais rien ne change. Les nouvelles constructions, sans doute à cause d'un règlement administratif, se dissimulent. Elles ne prolongent pas l'alignement des anciennes. Elles reculent d'un pas – et se vengent en hauteur.

---

1. *Échoppes* : petites boutiques. \ **2.** *Rémouleur* : personne dont le métier est d'aiguiser les couteaux et les instruments tranchants. \ **3.** *Pince à gruger* : pince de verrier, autrement appelée « grugeoir », qui sert à rectifier la coupe d'une pièce de verre. \ **4.** *Acronymes* : sigles que l'on prononce comme un mot ordinaire. ZAC pour zone d'aménagement concerté.

Plus bas encore des Africains se pressent sous un porche, toujours à heure fixe. Cantine ? Tontine[1] ? Marchand de sommeil ? Je ne sais pas. Chacun s'occupe de ses affaires. Les leurs ne sont pas les miennes. Les miennes seraient, à la rigueur, l'énigme de ces couscousseries marocaines et de ces bars kabyles qui suintent l'humilité – pas de néon ici, pas d'enseigne, les habitués retrouveraient les yeux clos le chemin de cette douce désespérance. Le patron est souvent moustachu, grave et très lent. On n'y voit jamais de femmes. À propos desquelles il faut noter, au coin de la rue Faidherbe, un Palais de la Femme occupé par l'Armée du Salut, et dont une plaque nous apprend qu'il fut construit en 1911 par Labussière et Longerey. On y sert des repas.

La rue de Charonne est en pente, ce qui lui confère une qualité que n'ont pas les rues plates : on la « descend », on la « remonte », c'est une rivière de bitume avec çà et là quelques gués pour les piétons. Si l'on s'assoit à la terrasse d'un café et qu'on s'arme d'une patience d'Indien, on finit par voir passer ami ou ennemi, des silhouettes familières entraînées par le mouvement qui mène de Bagnolet vers le cœur de Paris.

Au milieu des années quatre-vingt, un frémissement atteignit la rue de Charonne. La proximité du nouvel Opéra, la mue de la Bastille, tout annonçait des lendemains très modernes. On expulsa quelques zombies, des hôtels apparurent, et même un Café de la Plage plus souvent fermé qu'ouvert.

À part cela, qu'a donc cette rue de particulier ? Pas grand-chose. À chacun son itinéraire. Des vies s'étiolent ou s'épanouissent derrière chaque fenêtre illuminée et le passant n'en

1. *Tontine* : du nom du banquier napolitain Lorenzo Tonti (vers 1602-1684), qui proposa ce système à Mazarin. Plusieurs personnes constituent un fonds commun, chaque souscripteur touchant les dividendes du capital investi. Lorsqu'un souscripteur disparaît, sa part est répartie entre les survivants. Aujourd'hui, les tontines constituent un système en marge des banques. Des groupes d'amis, de voisins ou de collègues peuvent se constituer afin de proposer, sur la base de la confiance, des aides à chacun de leurs membres : les cotisations des membres et les remboursements permettent de financer les projets suivants.

saura rien. Des romances s'ébauchent entre piétons, à force de se croiser sur les trottoirs étroits ; des signes imperceptibles s'échangent pour laisser entendre qu'on reconnaît mais qu'on ne veut pas importuner ; puis, un jour, un salut timide…

À chacun son univers.

Pour moi, la rue de Charonne restera toujours liée à quelques événements concernant mon cousin Jamal et son amie Judith. C'est une histoire que je m'étais promis de conter parce qu'elle avait commencé, à mes yeux, comme celles qu'on met en livre et qui ont force d'exemple. Mais très vite elle perdit son épithète présumée, lorsque le mot *amour* s'évapora dans le ciel clair de Paris, sur la passerelle du Pont des Arts. J'allais à la mer, armé d'un tamis… Je résolus alors de faire de ces épisodes une simple chronique, renonçant ainsi à l'intimité des mots qui prétendent *expliquer* alors qu'ils ne nous servent qu'à parler de nous-mêmes. Mais certains de mes personnages s autèrent en marche, sans demander leur reste, comme d'un tramway dans lequel on est monté par erreur. D'autres s'émancipèrent, ne s'autorisant que d'eux-mêmes. L'histoire mua en tragédie, sans crier gare, au moment exact où j'y entrais de plain-pied. Elle se permit une défenestration et une non-dénonciation de crime, alors que je n'aime pas les romans policiers ; pendant ce temps je soignai mon nez cassé par des cogneurs dont je n'aurais pas voulu dans un monde idéal… En fin de compte, elle me laissa en plan, produisant un dénouement d'art pauvre, m'abandonnant pour seul souvenir des faits épars dons la concaténation[1] ne prouve peut-être rien.

Je me suis trompé d'histoire d'amour.

En fin de compte j'aurai entrevu, mais seulement entrevu, la blessure d'un père floué par la vie, la rébellion de son fils et

1. *Concaténation* : enchaînement.

le malentendu prénommé Judith qui fut, paradoxalement, leur seul terrain d'entente, parce que terrain de bataille, conquis, disputé, perdu…

Trois petits tours
et puis s'en vont

1

Sur la route

– Tu veux qu'j'te raconte un rêve ?

– Oh non, par pitié, rien de plus barbant que les rêves des autres !

– Écoute quand même.

Il y avait encore vingt kilomètres de route avant d'arriver à Ahssen. Je ne pouvais pas sauter de la R4 et faire le chemin à pied ; alors je pris mon mal en patience et j'écoutai Jamal.

C'est une nuit d'hiver, l'orage, les éclairs, la pluie, tout bien, tu vois ? J'suis à l'aise dans une grande maison bien chaude. Soudain, des coups à la porte, ça tabasse comme quand les keufs[1] *débarquent chez un suspect. Dans mon rêve, je sais que l'immeuble est vide, oualou*[2]*, pas un chat. Donc, moi, pas maboul*[3]*, j'ouvre une fenêtre qui donne sur la rue et je me penche pour voir c'qui se passe. Or il n'y a là qu'un type, je le distingue nettement. Et alors, l'angoisse : le lascar, c'est ma photocopie ! Oké, il a les glandes, il a l'air d'un qu'aurait vu un* ghoul[4] *mais bordel, c'est kif*[5] *mon frère jumeau ! Sauf qu'il est en djellaba alors que moi, hein, tu m'connais, que des super-fringues, que d'la marque. Je me précipite, je dévale les escaliers, en moins de jouge*[6] *je suis dehors. J'ai une lanterne à la main, une torche, me demande pas d'où elle vient. Mais, la porte ouverte : y a*

---

1. *Keufs* : policiers. \ **2.** *Oualou* : interjection signifiant « rien du tout », « n'y comptez pas ! » \ **3.** *Maboul* : fou. \ **4.** *Ghoul* : monstre, dans les légendes populaires arabes. \ **5.** *Kif* : exactement ; c'est *kif-kif* : c'est pareil. \ **6.** *En moins de jouge* : rapidement, en argot.

personne ! Je me dis : ce zarbi[1]*, il a eu peur quand il m'a vu, il s'est barré. Je me sens assez brave, moi, pour le coup, je fais quelques pas sous la pluie, je nargue l'orage, il m'en faut plus pour m'faire flipper. Soudain une rafale souffle ma bougie, vlan ! la porte d'entrée se referme et je reste planté là comme un con. La crise ! J'ai pas les clés ! Je me précipite, je tape sur la porte, même si je sais que ça sert à nib*[2]*. C'est alors que j'entends la fenêtre du premier s'ouvrir. J'ai même pas besoin de lever les yeux, je sais déjà c'que je vais mater : un type, ma photo, qui me regarde tranquille, à peine étonné. Maintenant c'est lui qu'est fringué et moi qui porte la djellaba bien crade. Qu'est-ce t'en penses ?*

– Intéressant. On dirait de l'Edgar Poe traduit par Smaïn. Pourquoi tu me racontes ton rêve ?

– Mais t'es grave, toi ! Tu ne vois pas que c'est, comment on dit ? Proméni…

– Prémonitoire ?

– Exact ! Car Momo, putain, c'est pile c'qui lui est arrivé ! Lui aussi, il s'est retrouvé dehors sans savoir pourquoi ! Et ce cauchemar je l'ai fait juste un an avant qu'on l'expulse de France.

Je dressai l'oreille. En principe, j'ai horreur du surnaturel, des mages et des marabouts, des charbons grillés sur la tête d'un âne, des horoscopes et de l'influence de l'année du Rat sur l'élection du président des États-Unis. Mais tout de même, Jamal n'avait pas tort : on pouvait voir du pressentiment, ou de la métaphore, dans son rêve.

À un détail près.

– Sauf que Momo, lui, il ne s'est pas fait jeter de France par hasard. Dis donc, il y avait du trafic de poudre là-dessous, et avant il y avait eu vol de mobylette, si je me souviens bien ? D'ailleurs, et comment que je m'en souviens : j'y étais !

– *Mohamed Belazri, vol de motocyclette.*

1. *Zarbi* : bizarre, en verlan. \ **2.** *Nib* : rien, en argot.

– *Trois mois !*

– *Rabah Hamidi, vol de motocyclette.*

– *Trois mois !*

– *Hassan Chaoui…*

Mais Jamal s'obstinait.

– Il pique une mob'rue de Bagnolet, et il y repasse tous les jours : tu trouves ça normal, toi ? La mob est jaune canari et il la repeint pas ? Y a un écusson du PSG grand comme ça sur le réservoir d'essence et il le laisse ? Dis, tu crois pas qu'il voulait s'faire serrer par les schmidts [1], Momo ? Et quelques mois après, rebelote, il plonge pour trafic de schnouff [2] ?

Me revient en mémoire une discussion avec ma tante Mina, leur mère.

– Un jour, je suis allée voir Mohamed, au poste de police. Ils l'ont réveillé et on a discuté un peu. Et puis je me suis arrêtée, je ne pouvais plus. Je te le jure, j'ai eu l'impression, *la certitude*, qu'il était plus heureux dans sa cellule qu'à la maison. C'est à ce moment-là que je me suis mise à pleurer.

La route disparaît, du moins le bitume qui la recouvre. Nous roulons sur le tout-venant, pendant quelques minutes. Puis le bitume réapparaît.

– Tu veux qu'j'te lise l'horoscope de *L'Opinion du Tadla* [3] ?

– Lis-moi l'horoscope de *L'Opinion du Tadla*.

– T'es quoi déjà ?

– Lion.

– Attends… Voilà : « Votre vie va changer ce week-end, tout ça parce que vous aimez le lait. »

– Drôle de syntaxe. Mais je m'en fous : je n'aime pas le lait.

1. *Les schmidts* : les policiers. \ 2. *Schnouff* : de l'allemand *schnupf*, tabac à priser ; en argot, désigne la drogue. \ 3. *L'Opinion du Tadla* : journal marocain. Le Tadla-Azilal, l'une des seize régions du Maroc, englobe la plaine du Tadla, entre le Haut et le Moyen-Atlas.

– Ben évidemment, si tu refuses de jouer le jeu. Faut jouer le jeu, sinon c'est trop facile.

– Mais puisque je n'aime pas le lait ?

– Ouais, donc ta vie, elle va pas changer ce week-end, c'est ta faute.

– La vie, elle change tous les week-ends, même si elle ne change pas. Quelque chose se passe quelque part, qui va influer sur ta vie...

– Ouah l'intello, qu'est-ce t'es relou [1], vas-y lâche-moi.

– Qu'est-ce qu'il dit, le tien d'horoscope ?

– Attends... Capricorne : « Il est grand temps de mettre de l'ordre dans votre vie. Pourquoi pas ce week-end ? Évitez à tout prix les salades, les rousses et les femmes prénommées Nabila. »

– On dirait un message codé, comme pendant la guerre. Ici Casablanca, les rebeux parlent aux beurs.

Jamal a l'air soucieux.

– J'connais aucune meuf [2] du nom de Nabila, mais quand même : Judith est rousse.

– Alors évite-la ce week-end. Ce sera pas dur, vu qu'elle est à trois mille bornes d'ici.

– Ouais mais attends, c'est pas clair, tout ça. Il a pas dit...

– Bon, écoute, je vais te mettre à l'aise. Le type qui fait l'horoscope de *L'Opinion,* je le connais. Je l'ai vu à l'œuvre : il prend un vieux numéro de *Marie-Claire* ou de *Cosmopolitan* et il recopie texto leurs sornettes. Alors, forcément, à quelques années près, il y a du flou.

– Ouais, mais alors comment il sait que Judith est rousse ? C'est quand même bizarre ?

Des gendarmes apparurent à l'horizon. Je ralentis et Jamal ajouta au stylo une petite croix sur la paume de sa main.

---

1. *Relou* : lourd, en verlan. \ **2.** *Meuf* : femme, fille, en verlan.

– On en est à combien ?

– Sept. Tu as presque gagné.

– Je te l'ai dit : entre Tanger et Ahssen, au moins dix barrages de gendarmes.

– J'aurais pas cru.

– C'est que tu n'as jamais vécu ici.

Le gendarme marocain (*gendarmus marocanus vulgarus*) est un animal étrange, au pelage gris, qui arbore une moustache broussailleuse et une casquette réglementaire. Il approche de sa proie à pas lents et donne le change en portant deux doigts à son front en guise de salut. Il demande à voir « les papiers », ce qui lui permet de s'assurer d'abord que la proie en question n'est pas en réalité un prédateur qui ne ferait de lui qu'une bouchée.

Mais non, mon patronyme est banal, pas un ministre, pas un gouverneur ne le porte. Alors le gendarme se redresse, double de volume et retrousse les babines.

– Vous n'avez pas vu le stop ?

Du temps que j'étais interne au lycée de Casablanca, j'avais monté une troupe de théâtre avec quelques amis. Rien de très moderne : Feydeau, Courteline et surtout Labiche. « Embrassons-nous, Folleville ! Avec plaisir, Manicamp [1] ! », etc. Pour ce qui est du théâtre, j'ai donc de la pratique. Quand je rencontre un *gendarmus marocanus,* je m'imagine sur les planches et je joue, il n'y a pas meilleure méthode.

– Quel stop ?

– Celui que vous n'avez pas vu.

– C'est circulaire, on n'en sortira pas comme ça. Il est où, votre stop ?

– Mais là-bas, derrière vous, au virage.

1. *Embrassons-nous Folleville !* Comédie-vaudeville en un acte d'Eugène Labiche (1815-1888).

– Y a pas d'stop, au virage.

– Y a pas d'stop ?

– Non.

– Alors je suis un menteur ?

– Non, non, je ne me permettrais pas… Mais, à mon avis, il n'y a pas de stop. D'ailleurs, ça se prouve facilement, non ?

Je descendis de la voiture et me dirigeai vers le virage, suivi du gendarme et de Jamal. Il n'y avait pas le moindre panneau. Rien. Le vide. Là, je crus pouvoir m'autoriser un sourire triomphant. Mais le gris personnage ne s'en laissa pas conter. Il me désigna une motte de terre.

– Et ça, me dit-il, l'air mauvais, c'est quoi ?

– Une motte de terre.

– C'est là que se trouvait le stop, rugit-il. Tu vois que je n'ai pas menti ! Ça va te coûter cher ! D'ailleurs c'est peut-être toi qui l'as arraché, le stop. J'vais te fouiller, p'tit con. Et celui-là, c'est qui, avec sa tronche de *nasrani* [1] ?

– Mon cousin.

– C'est lui qui a arraché le stop ?

– Qu'est-ce qu'il dit, c't'enfoiré ? intervint Jamal, qui ne comprend pas l'arabe.

– Il t'accuse d'avoir arraché un stop.

– De quoi ? Mais j'vais lui redéfinir sa tronche, à ce minus.

– Calme-toi, c'est là qu'intervient notre ami Dirham.

Je pris une coupure de dix dirhams [2] dans ma poche (j'ai toujours une liasse de billets à portée de main quand je trace la route au pays de mes ancêtres) et la présentai au gendarme.

– Voilà de quoi acheter un stop tout nouveau. Et veuillez accepter nos excuses, nous ne savions pas qu'il était interdit d'arracher les panneaux de signalisation.

1. *Nasrani* : en arabe, chrétien ; par extension, désigne ici tout étranger, assimilé à un non-musulman. \ **2.** *Dirham* : monnaie marocaine.

Nous reprîmes la route. Jamal ricanait.

– Tu t'es dégonflé, l'intello ! Pourquoi tu t'es dégonflé ?

– Bon, un peu de sociologie. Les Marocains se divisent en deux groupes…

– Arabes et Berbères ?

– Peuh…

– Les riches et les pauvres ?

– Non. Il y a ceux qui ont un commissaire de police dans leur famille et ceux qui n'en ont pas. Lorsqu'il y a esquisse de début d'embrouille, les premiers laissent négligemment entendre que le commissaire Bouderbala ou Bouchekchouka est leur frère, beau-frère, oncle ou neveu. On vérifie, puis on leur fiche la paix.

– Et les autres ?

– Ils y sont jusqu'au cou.

– Et nous, on a un commissaire dans la famille ?

– Pas le moindre.

– *Say no more*[1].

Le *gendarmus marocanus* semble se reproduire par scissiparité[2], puisqu'il est bien connu que le fils du *gendarmus* devient lui aussi *gendarmus* et hérite du turf[3] de son géniteur. Une particularité intéressante de l'animal est cette façon qu'il a parfois de vous parler sans vous regarder, en émettant des sons du coin de la bouche pendant que ses yeux fouillent le vide. Les chats puissants et doux ont eux aussi cette habitude de regarder ailleurs tout en maintenant la souris qu'ils viennent de capturer bien coincée entre leurs sales pattes. Ils jouent le bel indifférent, feignent de s'intéresser à un rai de lumière, bâillent…

1. *Say no more* : n'en dis pas plus, n'ajoute rien. \ **2.** *Scissiparité* : la reproduction par scissiparité est un mode de multiplication asexuée qui se réalise simplement par division de l'organisme. \ **3.** *Turf* : en argot, travail.

Un gendarme se matérialisa soudain au milieu de la route. Je freinai juste à temps.

C'était un très beau spécimen de *gendarmus* : le poil lustré, la panse arrondie, la moustache frémissante. On aurait voulu l'avoir sous vitre, cloué comme un papillon et suintant le formol.

Il joua sa partition sans le moindre couac. Deux doigts furtifs contre la visière de sa casquette, un « vos papiers » plus neutre que la Suisse, puis un rictus de mauvais augure une fois établie l'insignifiance de nos noms. Ni fils d'ayatollah[1] ni neveu de commissaire : la chasse était ouverte. Il déclencha les hostilités par un mouvement contournant.

– Vous venez de France ?

– Oui, mon général.

– Qu'est-ce qu'il a à faire la gueule, ce *nasrani* à côté de toi ? C'est ma tronche qui le débecte ?

– Ce jeune homme traverse une crise grave.

– Ah oui ?

– Il est amoureux. Ça arrive, même aux meilleurs d'entre nous. Mais voilà : l'objet de sa flamme est une juive, sauf votre respect.

– Y'a pénurie de femmes normales en France ?

Le gendarme contourne la voiture, passe la tête par la portière et se trouve nez à nez avec Jamal. Les deux *homo sapiens* se regardent dans le blanc des yeux, se stupéfiant l'un l'autre.

– Qu'est-ce qu'il me veut, ce bouffon ? brame Jamal. Qu'est-ce tu lui as raconté en arabe ?

– T'occupe.

– Remarque, reprend le gendarme, ce n'est pas illicite. Dans la sourate[2] *Al-Baqarah*, Dieu prescrit : *n'épousez pas les femmes idolâtres*. Mais les chrétiennes et les juives étant gens du Livre, ce ne sont pas des idolâtres, donc il est permis de les épouser.

1. *Ayatollah* : religieux musulman chiite. \ **2.** *Sourate* : chapitre du Coran.

– Bravo ! Ah ! Si seulement les pères respectifs de nos tourtereaux étaient aussi intelligents, aussi tolérants, aussi érudits que vous ! Mais non : l'un fait la gueule, l'autre veut les flinguer tous les deux. Alors la Judith vit cachée dans un placard, dans la chambre de ce jeune homme.

– Un placard ?

– Absolument !

– Et comment elle fait pour… pour…

– Je vous en prie.

Ayant passé un quart d'heure divertissant grâce aux malheurs de Jamal et Judith, le gendarme nous laissa repartir sans nous écorcher vifs.

La route serpente à travers les collines.

Midi, roi des été, épandu sur la plaine,/Tombe en nappes d'argent des hauteurs du ciel bleu [1].

Je me fais la réflexion qu'une chose est de lire Leconte de Lisle sous une véranda ombragée, un verre de n'importe quel breuvage frais à portée de main, une autre est d'affronter son infernal midi en son propre royaume. La sueur me dégouline dans le dos, tout est moite, toute volonté s'amollit ; ce pays se développera-t-il jamais, dans cette fournaise ? Parfois des formes courbes (homme, femme ou chacal, on ne sait) penchés sur le sol semblent gratter, gratter, gratter. C'est d'une humilité à faire jaillir les larmes – mais pas l'eau ! Ni le pétrole, d'ailleurs. On ne trouve ici, dans ce Rif[2] de terre orange, que du ressentiment et des haines d'avant le Déluge, cataclysme dont on ne sut rien, du reste. Il fallut attendre dix mille ans avant que la Parole n'atteignît ce rivage, portée par les cavaliers d'Oqba ben Nafii[3]. Les Rifains fuirent

1. Deux premiers vers du poème « Midi » (*Poèmes antiques*), du poète parnassien Leconte de Lisle (1818-1894). \ **2.** *Rif* : chaîne montagneuse au nord du Maroc. \ **3.** *Oqba ben Nafii* : fondateur, au VIIe siècle, de la ville de Kairouan (Tunisie), où il fit construire la première mosquée du Maghreb.

d'abord, puis prêtèrent l'oreille : rien à perdre, après tout. Aujourd'hui, ils se disent musulmans, gardiens de l'Alcoran [1], donc dépositaires de la Bible, testaments ancien et nouveau également embrassés ; mais je les soupçonne d'être surtout des païens tranquilles…

Interrompant ces divagations religio-caniculaires, un gendarme surgit de derrière un buisson, flanqué d'un chien bonasse. Il lève le bras, impérieux, et je me range docilement sur le bas-côté. Je ne l'ai pas encore dévisagé, mais je le pressens antipathique, car il est très maigre, un vrai fil de fer, ce qui n'est pas normal lorsqu'on est un *gendarmus* et qu'on est censé se nourrir convenablement sur le dos du vulgum [2].

– Passeport !

– Ici ? Mais on est à deux cents bornes de la frontière !

– Tu vas m'apprendre mon métier ?

Je lui présente le document. Jamal, fatigué, se trompe de passeport et lui tend celui que la République française, dans sa grande mansuétude, lui fournit naguère. Je mesure immédiatement l'ampleur de la bourde, mais il est trop tard : le *jadarmi* a déjà commencé à haleter, sidéré par l'affront. Il ne va pas se laisser priver d'une si belle colère.

– Ton passeport françaoui, hurle-t-il, voilà ce que j'en fais.

D'un mouvement indigné, il jette le document dans les broussailles. Son chien file renifler la chose puis, à tout hasard, lève la patte et lui pisse dessus.

Entre-temps, Jamal a retrouvé son passeport autochtone. Mais le gardien des Traités [3] ne lui accorde pas un regard. Il lance une offensive sur une autre crête.

– Qu'est-ce que vous transportez, derrière ?

1. *L'Alcoran* : le Coran. \ **2.** *Vulgum* (ou *vulgum pecus*) : le commun des mortels, la multitude ignorante. \ **3.** *Gardien des Traités* : gardien des lois ; formule ironique qui fait semblant de donner de l'importance au gendarme.

Je sors de la voiture pour ouvrir le coffre. L'homme en gris aperçoit les deux Samsonites et, surtout, le carton plein de cassettes. Il flaire la bonne aubaine.

– Qu'est-ce ?

– Cassettes.

– Il y en a plein, murmure-t-il, l'air de ne pas y toucher.

– Une cinquantaine.

– Je parie que tu n'as pas payé *la taxe*.

– Quelle taxe ? demande Jamal, qui nous a rejoints. Je lui fais signe de se taire et de me laisser conduire les négociations.

– Ce sont des cadeaux, mon général, il y en a pour toute la famille. Il y en a même un pour vous.

Il prend une cassette au hasard : les suites pour violoncelle de Bach, et examine attentivement le visage de l'artiste, au cas où ce serait un *outlaw*[1] recherché par Interpol.

– Tenez, lui dis-je, justement, celle-là, c'est la vôtre.

Il me remercia et nous autorisa à repartir. Que j'aie parcouru trois mille kilomètres à seule fin d'offrir Bach à un zigoto que je ne connais ni d'Ève ni d'Adam ne lui semblait pas le moins du monde incongru.

Jamal soufflait sur son passeport compissé par la force publique. Soudain, il éclata :

– Tous ces gendarmes commencent à me prendre la tête ! Y z'ont l'droit, d'abord ?

Je confirmai à Jamal qu'y z'ont tous les droits, depuis des temps immémoriaux. Souvenir d'un *Reise durch Marokko*[2] du siècle dernier, déniché chez un bouquiniste : « En chemin nous fûmes arrêtés deux fois par des gens armés qui voulaient lever un droit de passage sur nos chevaux. Plus tard j'appris qu'ils

1. *Outlaw* : en anglais, hors-la-loi. \ **2.** *Reise durch Marokko* : ouvrage composé par l'explorateur et géologue allemand Oskar Lenz, qui voyagea notamment à travers le Maroc, au XIXe siècle.

étaient réellement autorisés, en leur qualité de gardiens de la route, à lever une contribution sur chaque animal qui passait. » Jamal sursauta.

– On n'est pas des animaux !

– Ça se discute. Ou alors c'est la voiture qui en fait office.

– M'en fous, encore un gendarme et je craque ! Je rentre en France !

Je croisai les doigts.

2

Je perds Momo

Nous arrivons enfin à Ahssen. On nous indique la demeure de celui qu'on nomme le *françaoui*. La porte est ouverte, nous entrons sans frapper.

Le *françaoui* est là, assis à même le sol, occupé à redresser des fils de fer tordus.

Jamal regarde son frère, qui nous a à peine salués, continuer sa besogne dans cette cahute pleine de cages d'oiseaux. Il y en a sur des étagères, dans un placard, dans tous les coins.

Il fut un temps où ce frère lui apparaissait comme une sorte de géant indestructible qui savait tout, qui pouvait tout. Mais Jamal a grandi, l'autre s'est ratatiné.

Momo fabrique des cages. Il les vend sur les souks[1]. Ça ne rapporte rien ou pas grand-chose. Parfois, redoutant les marchandages et l'intimité factice, il brade, m'a-t-on dit. Il donne la cage pour un air de cithare.

– Qu'est-ce que c'est cette histoire de cages, Momo ?

– Tu sais garder un secret ?

Il me montre la cage qu'il est en train d'assembler. Les barreaux semblent solides mais leur base est sciée. Les cages de Momo, faudrait pas y mettre votre Jacquot chéri, elles

1. *Souks* : marchés situés généralement dans la médina (la vieille ville).

s'ouvrent d'elles-mêmes... Reste à prier qu'elles soient posées sur le rebord d'une fenêtre, que l'oiseau puisse prendre son envol.

Dans son coin perdu, Mohamed sabote le bel ordre du monde, grain de poussière humaine dans l'engrenage.

Chacun veut et croit être meilleur que ce monde qui est le sien, mais celui qui est meilleur ne fait qu'exprimer mieux que d'autres ce monde même[1]...

Momo tire sur sa cigarette et ne dit plus rien.

Jamal est venu chercher conseil. Faut-il rester en France, faut-il « rentrer » ? Il a vécu avec l'image de ce frère aîné qui a tenu tête à la République française, qui a combattu la Loi. La Loi a gagné, mais quand même... Momo tire sur sa cigarette et ne dit plus rien. Jamal l'observe. Cet homme au regard vide est un étranger. On dirait qu'il se méfie. Peut-être ne s'intéresse-t-il pas à ce jeune frère qu'il a peu connu. Peut-être lui rappelle-t-il un monde trop âpre.

Dans la douceur des soirs d'Ahssen, à l'ombre des cèdres, il a apprivoisé son désespoir.

J'ai combattu la Loi...

La Loi a gagné !

Je m'essaie à la bonne humeur. Je demande, plein d'enjouement :

– Alors, tu ne regrettes pas Paris ?

Il tire sur sa cigarette, ferme les yeux, essaie d'imaginer Paris. Mais il me dit qu'il ne voit qu'un long couloir de métro. Et il lui semble maintenant que toute sa jeunesse s'est étirée dans ce boyau obscur et qu'à l'inverse de ceux d'en haut il lui a fallu vingt ans pour naître. Il ouvre les yeux. Il est maintenant à Ahssen, où rien ne se passe jamais, où l'attente fiévreuse qui le consumait à

1. Citation du philosophe allemand Georg Wilhelm Friedrich Hegel (1770-1831).

Paris est morte car il n'y a plus rien à attendre. Les jeunes d'Ahssen rêvent parfois de l'autre côté des choses, ils veulent franchir le miroir, ils imaginent l'Éden[1], mais c'est parce qu'ils ne savent pas. Un couloir de métro long de cent mille kilomètres et parfaitement circulaire, mais pas mèche[2] de le savoir, c'est ça l'Éden, le vrai. Parfois tu sautes – hop ! hop ! – dans l'escalier gris métal qui mène vers la lumière et voilà que les marches affleurent au niveau des bottes de vingt CRS attentifs. Rien n'arrivera à les convaincre qu'avec ta sale gueule tu n'es pas en train de *préméditer*.

– Je prémédite votre oubli, je ne veux que vous oublier. C'est très exactement pour cela que j'ai volé cette mobylette.

– Trois mois, grince la voix métallique du juge.

– Mohamed Belazri, vol de motocyclette.

– Trois mois !

– Rabah Hamidi, vol de motocyclette.

– Trois mois !

– Hassan Chaoui...

– J'ai volé la navette spatiale, m'sieur l'juge !

– Trois mois !

Mais maintenant il vit à Ahssen, loin de Paris, dans un autre siècle. Que lui veut ce jeune homme qui prétend être son frère ? Son frère ? Mais il ne suffit pas d'avoir la même mère et le même père, ce serait trop facile.

Le silence devient pesant.

Je le romps en demandant à Momo s'il a des projets. Femme, enfants ?

– Mais je suis marié.

Surprise ! Un frère, un cousin, qui s'est marié, et nous n'en

1. *L'Éden* : le paradis. \ 2. *Pas mèche* : pas moyen.

savons rien ? Voilà qui n'est pas courant. À tout hasard, on congratule le jeune époux mais lui se contente de hocher la tête. Puis il gueule un bon coup :

– Fadma !

Je sursaute. Je me souviens d'une Fadma qui avait tenté de me mettre le grappin dessus, du temps que j'étais infirmier à Ahssen. Toute la famille était dans la combine... Heureusement, un commissaire m'avait sauvé la mise.

La femme de Momo entre dans la pièce. C'est la même Fadma, seulement plus ronde...

Elle feint de ne pas me reconnaître, ou peut-être ne me reconnaît-elle pas. Elle est maussade, par principe, puisqu'elle est déjà casée et qu'elle n'a donc plus besoin de se trémousser pour rabattre un mari. Elle grogne vaguement un bonjour et va loger ailleurs ses renfrognements.

L'histoire de Momo est en tout point semblable à ma mésaventure de jadis. Je l'interromps :

– On t'a donné le choix entre cinq ans de prison ou le mariage, hein ?

– Le choix, mon cul. On m'a marié de force. J'aurais choisi la prison, moi.

Tout à coup, dans cette pièce encombrée de cages, le cœur me manque, un profond abattement ma gagne. Est-ce là une vie ? Je ferme les yeux...

Un jour, un Yankee installe un jeune Rifain sur une chaise, enclenche discrètement un magnétophone et intime :

– Raconte !

Le montagnard raconte sa vie, dont la vacuité frappe l'homme qui lui fait face au point que ce dernier publie la transcription du monologue sous le titre *A Life Full of Holes*. Il croit en résumer la teneur, mais on ne peut s'empêcher de s'interroger : cette vie était-elle intrinsèquement pleine de trous, ou ne l'était-elle que du point de vue de l'Américain[1] ? Et le peintre français[2] qui entama un jour une partie d'échecs et n'en sortit que trente-neuf ans plus tard, ayant tout sacrifié aux soixante-quatre cases, était-ce là aussi une vie pleine de trous ? Et si le jeune Rifain, renversant les rôles, avait lu les mémoires du duc de Beaufort, compte rendu méticuleux des chasses quotidiennes que le duc mena pendant soixante ans, n'aurait-il pas vu là une béance gigantesque où s'engloutirent la vie du duc, ses équipages, ses rabatteurs et sa meute ? Ai-je le droit de décider du sens ultime de la vie de Momo ? La seule attitude qui vaille : le faire parler devant un Nagra[3] et se taire soi-même. Mais cela donnerait une page blanche…

Heureusement, la dernière question sera la bonne. Juste avant d'aller me coucher, je soupire.

– Franchement, Momo, être né à Paris et finir dans le désert ?

Là, je ne suis pas très sûr de moi. Après tout, le vrai désert, pour lui, ce n'est peut-être pas cette étendue aride de sable et de roche ocre. Le désert, pour un Mohamed, ne serait-ce pas plutôt le cœur des villes de grande solitude, où couleurs et odeurs sont étrangères : du fer, du béton, du plastique, de la pierre taillée, du bitume, du papier et du carton, la végétation apprivoisée et de l'eau chlorée et fluorée, des lumières et des ciels artificiels, et le foisonnement d'individus qui regardent ailleurs, des cris ou des rires qui ne concernent que d'autres, des milliards de mots qui sans cesse éclosent, flottent un instant dans l'air puis disparaissent ?

1. *Un Yankee, l'Américain* : « C'est le fameux Paul Bowles (1910-1999), l'auteur de *Un thé au Sahara*, qui est devenu un beau film de Bertolucci. Il habitait à Tanger et il a publié un livre de Driss Ben Hamed Charhadi, intitulé *A Life Full of Holes* (publié en français sous le titre *Une vie pleine de trous*). Pour autant que je sache, il a simplement enregistré Charhadi parlant de sa vie, a traduit le tout en anglais et l'a publié. » (Note de l'auteur.) \ **2.** « Le peintre français, c'est Marcel Duchamp (l'homme des *ready made*), qui s'est tellement passionné pour les échecs que, pendant quelques décennies, il n'a pratiquement rien fait d'autre. » (Note de l'auteur.) \ **3.** *Nagra* : célèbre marque de magnétophones inventée par un jeune étudiant suisse d'origine polonaise, Stefan Kudelski, dans les années 1950.

Momo, toujours affalé sur une natte, me fait signe de me rasseoir et s'éclaircit la voix.

– Écoute cette histoire, c'est Yazidi, le gardien du dispensaire, qui me l'a racontée.

Histoire du sultan et du scorpion

Il était une fois un sultan, le plus puissant sultan[1] *de la planète ; plus puissant, tu peux te fouiller, y avait pas. Il possédait tout, absolument tout : l'or, les chevaux et les femmes. Un jour, ses espions lui apprennent qu'un mage*[2] *voyageur est entré dans le royaume par le couloir de Taza. Il fait arraisonner l'individu, on le lui amène attaché sous le ventre d'une bourrique. Sultanou le libère et lui demande :*

– Puisque tu peux prévoir l'avenir, tu sais donc quel est mon destin. Une seule chose me tracasse, je ne veux savoir que cela : comment vais-je mourir ?

Le mage massacre un oiseau et lit dans l'estomac dudit :

– Tu seras piqué par un scorpion et tu mourras !

Le sultan se révolte. Scorpion, macache[3] *! Piqué, mes fesses ! Il gueule, il ordonne, on construit au milieu d'un lac un palais entièrement en verre – tout y est transparent, même les draps ! Des gardiens tout nus montent la garde jour et nuit, ils ont la haine, personne ne passe, ni homme ni insecte (c'est des insectes, les scorpions ? enfin, peu importe, tu me comprends).*

Un jour, le sultan s'aperçoit qu'en fait, et malgré ce tohu-bohu, il ne sait même pas à quoi ressemble un scorpion. Il demande qu'on en fabrique un, en argile. On le lui apporte. Fasciné, il le prend dans le creux de sa main et murmure :

– Une si petite créature… Et c'est ça qui est censé me tuer, moi, l'homme le plus puissant de la Terre ?

1. *Sultan* : titre donné au souverain des anciens empires turcs de même qu'à certains souverains musulmans. \ 2. *Mage* : dans l'ancienne Perse, les mages étaient réputés pour prédire l'avenir, notamment grâce à l'astrologie. \ 3. *Macache* : pas du tout, rien du tout.

À cet instant, Dieu insuffle la vie au morceau d'argile, juste une seconde, mais pas plus n'en faut : le scorpion pique le sultan insultant, qui s'écroule raide mort.

– Diantre !

– Conclusion ? On n'échappe pas à son destin. Tu vois ? Je suis né à Paris, je mourrai à Ahssen. Je n'y peux rien. C'était écrit.

– Je vois surtout que tu es bien redevenu un enfant du pays. Un : au lieu de raisonner, tu me racontes une histoire. Deux : tu mektoubises [1] à tout va. Tu as raison, Momo, reste ici. La rue de Charonne, ce n'est plus pour toi.

C'est ici que Momo tire sa révérence. Je me rends compte que je ne peux plus parler de lui. J'ai cru le connaître, autrefois. Je l'ai vu grandir, franchir deux âges, d'abord l'enfance, heureuse et pouponnée, puis l'adolescence… je venais d'arriver à Paris, pour continuer mes études. Nous nous promenions dans les rues du XIe arrondissement, la main dans la main ou bras dessus, bras dessous, sous les regards parfois surpris et vaguement désapprobateurs de passants peu au fait des coutumes berbères. Nous allions, lorsque le temps s'y prêtait, à la piscine Deligny, sur le bord de la Seine. En ce temps-là Momo se croyait français. Il était joyeux, insoucieux, plein de vie. Nous parlions de tout et de rien, et même de géologie : il était fasciné par les pierres. Je lui rapportais des améthystes de l'Atlas et des petits morceaux de cornaline qu'il rangeait soigneusement dans des cartons à chaussures, après les avoir étiquetés.

Il serait le premier géologue de la famille.

Quand commença la dislocation ? On voudrait pouvoir reprendre le film de cette vie, crier « arrêtez ! » exactement là,

1. *Tu mektoubises* : verbe forgé à partir du substantif arabe *mektoub,* « le destin ».

à cet instant – mais existe-t-il ? – où un regard haineux ou un geste inutilement craintif (un soir, une vieille dame, serrant tout à coup son sac à main…) lui fit soupçonner l'existence d'un mur invisible entre « eux » et lui. Restait à définir les autres et soi-même. Un jour, peut-être, une partie de football improvisée sur le béton d'une cour sans joie… D'habitude, c'étaient ceux de la rue de Bagnolet contre ceux de Charonne. Mais ce jour-là il y aurait eu, insidieux, tacite, un partage en vertu duquel les cheveux crépus ou laineux se retrouvèrent face aux cheveux lisses. Au premier but, le sort incarné par un laissé-sur-touche cria France 1 Maghreb 0, ou l'inverse, et ce fut une révélation tranquille, peut-être même pleine de fierté, tout dépend du score. On célébra une victoire, on rumina une défaite, deux versants d'un même résultat soudain chargé de sens ou de ressentiment, comme si une querelle s'était vidée là. On prit l'habitude de ce partage, seulement tempéré par des transfuges occasionnels quand l'équilibre l'exigeait – Zinedine, tu joues avec les Français aujourd'hui.

Je n'ai pas assisté à ces petites catastrophes mais j'en ai vu les effets, au fil de mes séjours. Momo grandissait, perdait cette grâce troublante de l'adolescence qui nous ouvrait les portes de la piscine Deligny moyennant un menu bakchich[1]. Il devenait plus encombré de son corps, de son nom, de son aspect. Les poils sur ses joues poussaient dru ; le nez s'affirma, révélant l'atavisme[2], le profil rapace du razzieur[3]. Sa voix changea et il prit l'habitude d'exagérer la mue en parlant, en gueulant plutôt, une octave trop bas. Comme un rocher en porte à faux au bord d'une falaise, et qui chancelle, il pouvait basculer à tout moment, puis rouler jusqu'à n'importe quel point de la grève, sans qu'on

1. *Bakchich* : pot-de-vin, pourboire. \ 2. *Atavisme* : hérédité biologique supposée de caractères psychologiques. \ 3. *Razzieur* : substantif forgé sur *razzia,* qui désigne une attaque faite par une troupe de pillards.

puisse prévoir lequel. C'est ainsi qu'un jour, alors que je venais tout juste de m'asseoir à table pour le couscous dominical, j'eus la surprise de l'entendre m'apostropher, dans un grognement :

– Tftprièomin ? ce qui, déroulé, voulait dire : Tu fais ta prière, au moins ?

J'esquivai. Je lui demandai des nouvelles de sa collection de pierres. Il haussa les épaules. Vendue ou donnée, quelle importance… De toute façon, il ne serait pas géologue. On l'avait aiguillé sur une voie qui mène (peut-être) à des métiers, pas à des professions.

L'engouement pour la religion ne dura pas. Il essaya d'apprendre l'arabe, mais lequel ? Celui du Coran lui était aussi familier que l'idiome des Hittites[1]… Il opta un temps pour l'identité du cow-boy Marlboro, lui qui n'avait jamais vu une plaine. Puis ce fut le premier joint roulé, les heurts avec le père, les errances dans la nuit froide, les razzias dans les caves, les mobylettes volées à défaut de chevaux…

Non, je ne parlerai plus de Momo. Je crois que je le comprenais encore, à peu près, à l'époque où je lui apprenais à nager à Deligny. Mais le Momo, pardon le *Mohamed* d'Ahssen, et tout ce qu'il a vécu ou rêvé, connu ou imaginé, depuis la mue de sa voix, depuis la prise de corps, l'enfermement, l'expulsion, tout cela l'a irrémédiablement détaché de mon côté du monde, comme si le temps en moi s'était figé. S'il avait su que j'allais tenter cette chronique dans laquelle une place lui était assignée, il m'aurait dit simplement :

– Sors-moi de là. Je ne suis pas un personnage de roman. Tu ne sais rien de moi.

Et il aurait eu raison.

1. *Hittites* : peuple indo-européen et civilisation florissante de l'Asie Mineure (la Turquie actuelle), du XXVIe au VIIIe siècle av. J.-C.

Le lendemain à l'aube nous reprîmes la route, direction Tanger, le ferry, la fière Espagne puis la doulce France. Jamal ruminait sa déconvenue. Il était venu chercher les conseils de l'Ancien, il n'avait eu droit qu'aux histoires d'insectes d'un ectoplasme[1] flanqué d'une muette. Sur le pont du bateau qui nous emportait vers Algésiras, il me dit, soucieux :

– Putain, c'est grave, si je deviens comme ça, moi. Il est complètement lessivé, le frangin. Dis-moi, toi qui as vécu dans ce Maroc, on y pratique les lavages de cerveau ?

– Je ne sais pas… Cela dit, rendons à Marianne ce qui lui appartient : c'est la France qui a esquinté ton frère.

Nous traversâmes toute l'Espagne d'Algésiras à Barcelone sans que Jamal sorte de sa torpeur. Pour la première fois, il devait prendre une décision au lieu de se laisser glisser sur la pente de moindre résistance.

À Barcelone, assis sur un banc dans un parc bariolé, j'enfonçai le clou.

– Maintenant que tu as vu Ahssen, tu es convaincu, j'espère ? Tu vois Judith installée à Ahssen ? Qu'est-ce tu veux qu'elle fasse de ses journées ?

– Ahssen, c'est quand même mieux qu'un placard.

– Non, c'est pire. Au moins le placard, il est dans Paris. Ahssen est au milieu de nulle part. Que dis-je, au milieu ? Au bord de nulle part ! Et puis, l'alternative n'est pas entre Ahssen et un placard !

Jamal regardait le panorama de la capitale catalane. La rumeur de la ville montait vers nous, chargée de mille palpitations, de cris étouffés, du bourdonnement des voitures. Au loin la mer invitait au départ.

– Tu as raison. Ahssen, les gendarmes, les cages d'oiseau

1. *Ectoplasme* : zombie, personne inconsistante.

sans oiseau, tout ça, c'est du bidon. C'est à Paris que je dois me démerder. J'y suis, j'y reste. Et si c'est la guerre entre le vieux et moi, eh bien, aux armes citoyens !

Dans le ventre de la bête

3
Flash-back

Tout avait commencé au Palace...

– Jamal ? C'est quoi ce nom ? T'es rebeu[1] ?

– Judith Touati ? T'es feuj[2] ?

– Marrant.

– Marrant.

Voilà tout. Voilà un désaccord remontant à des millénaires, une histoire de fureur et de méfiance entre enfants d'Abraham réglée par un double « marrant », dans un night-club de la rue Montmartre, à Paris.

Bien entendu, les familles avaient opposé un niet ! franc et massif à la mésalliance. Horreur, une Juive ! Malédiction, un Arabe !

Monsieur Touati suivait sa fille partout. Elle ne pouvait plus sortir. De la maison au lycée, du lycée à la maison, ces parcours rectilignes jamais interrompus, ça ne faisait pas une vie.

Un jour, rue de Charonne, Jamal me raconta cette vie-qui-n'en-était-pas-une. J'eus une révélation. Je venais tout juste de voir un film où des journalistes privés de leur gagne-pain par le sénateur McCarthy[3] continuaient de travailler en faisant signer

1. *Rebeu* : arabe, en verlan. \ **2.** *Feuj* : juif, juive, en verlan. \ **3.** *Joseph Raymond McCarthy* (1908-1957) : homme politique américain resté célèbre pour la « chasse aux sorcières » qu'il organisa, entre 1950 et 1954, contre de nombreuses personnalités politiques et intellectuelles soupçonnées de sympathies communistes et accusées, pour certain d'entre eux, d'espionnage à la solde de l'Union soviétique.

leurs articles par des prête-noms, des *fronts*. J'en parlai aux amoureux. Judith trouva elle-même le *front* idéal : Salomon, un ancien condisciple. Salomon fut introduit. Il avait des lettres de créance en or massif, c'était même un *cohanim*[1]. Monsieur Touati s'épanouit, flatté jusqu'au trognon. Il papillonnait autour de cette graine de gendre providentielle, lui qui n'avait pas de fils. Il proposait des gâteaux, risquait quelques mots en verlan, gloussait, se frottait les mains. Pauvre homme ! Comment aurait-il pu deviner que ce Salomon n'était qu'un alibi, si j'ose dire ? Comment aurait-il pu savoir que Jamal rétribuait les prestations de l'artiste avec du haschisch de premier choix (car le Judas fumait) ? Salomon entrait dans l'appartement, brusque, laconique, impatient, comme il sied à un jeune homme d'aujourd'hui, prenait la pose, avalait quelques amuse-gueule puis, dans un grand tourbillon, il emmenait Judith. Au bas de l'immeuble, il la refilait à Jamal contre un joint.

Convaincu que sa fille avait désormais pris le bon chemin et oublié l'horrible Jamal, Monsieur Touati relâcha son étreinte. Judith put de nouveau disposer de son temps.

Mais ces jours tranquilles à Charonne derrière le *front* ne durèrent pas. Des problèmes de mise en scène apparurent. Judith se plaignit du jeu de Salomon, qui commençait à prendre son rôle trop au sérieux. Non content de lui tenir la main en présence de Monsieur Touati, il lui flattait le popotin, discrètement, dans les couloirs ; et il y allait carrément du bécot mouillé dans la nuque quand ils se retrouvaient seuls dans l'ascenseur.

Un jour, l'alibi égara sa main (moite) sous le pull de Judith. Jamal l'alpagua, l'œil mauvais, à la sortie du bahut.

1. *Cohanim* : terme hébreu désignant les prêtres. D'après la Bible, les *cohanim* (au singulier, *cohen*) sont les descendants d'Aaron, le frère de Moïse. Dans l'ancien Israël, la fonction essentielle des *cohanim*, consacrés au service divin, était de procéder aux cérémonies rituelles conduites dans le Temple, ce qui explique le prestige associé à leur nom.

– Dis-moi, fils deup [1], quand t'auras fini de tripoter Judith.

Salomon plaida la conscience professionnelle.

– Moi, c'est *Actor's Studio* [2] et compagnie, tu comprends, il faut que je ressente vraiment pour être bon. Et t'admettras que bon je suis : regarde le dabe [3] à Jud'il gobe tout.

Jamal n'était qu'à moitié convaincu.

– La serre plus de près, sinon j't'allume.

Salomon se tint tranquille, un temps. Puis un soir, emporté par son rôle, le De Niro de la rue de Charonne viola carrément sa partenaire. Monsieur Touati s'était absenté... L'occasion, l'herbe tendre... Et puis Judith est si petite, si faible... Il faut dire que ce soir-là elle avait mis une jupette ras-les-fesses, un truc qui ne ruine pas le Sentier (vingt centimètres carrés de tissu, maximum) et qui montre le nombril humain dans toute sa trouble splendeur... Il faut dire que Salomon c'était quatre-vingt-dix kilos de graisse, d'os et de muscles. Ce fut un viol affreux, que la môme nous racontait en hoquetant, ses larmes voulaient laver tout ça, il bavait carrément le salaud, elle ne voyait plus que le rictus grimaçant de Salomon, il la maintenait du bras gauche contre son cou, il l'étranglait, il l'écrasait.

Jamal se mordit les poings en étouffant un cri de rage, comme le font les mafiosi dans les films... Le lendemain, il massacra Salomon à coups de batte de base-ball.

(Ce qui m'étonne encore : on trouve des battes de base-ball à Paris. Pourquoi, grands dieux ? On joue à ce jeu absurde chez nous ? Enfin, chez nous, c'est façon de parler...)

Quoi qu'il en soit, Salomon cracha toutes ses dents et s'en alla cracher le morceau chez Touati Père.

1. *Fils deup* : fils de pute. \ **2.** *Actor's Studio* : association créée à New York en 1947 par le réalisateur Elia Kazan notamment et devenue une célèbre école de théâtre. Marlon Brando, James Dean, Robert de Niro y ont été formés. \ **3.** *Dabe* (ou *dab*) : père, en argot.

– Ben, j'étais qu'l'alibi, moi. Vot'fille, elle est toujours avec l'Arabe.

Monsieur Touati se mordit-il les poings ? Je l'espère, pour la symétrie. En tout cas, il se fendit d'un coup de téléphone hystérique aux Abal-Khaïl. Il tomba sur Mina, le père étant sorti. Il se mit à hurler dans l'appareil :

– Votre fils, la mort de ses os, il fréquente toujours ma fille ! Déjà, un catholique, ce serait dur à avaler, hein ? mais un Arabe, madame, un Arabe ! Vous me voyez grand-père d'un Mohamed ou d'une Fatima ? Je renie d'avance ! Je les reconnais pas ! Je les ai jamais vus ! La mère de Judith, Dieu ait son âme, elle doit se retourner dans sa tombe comme une toupie, dites ! Mais je vous préviens, madame, ça ne se passera pas comme ça : je vais lui envoyer les frère Benarroch, à votre coq, ils vont lui casser les pattes vite fait. Les frères Benarroch, attention, c'est des durs, ils sont au *Betar*[1], ils font leur service militaire dans les Territoires en pleine *intifada.* Pour ce qui est de briser les os, ils en connaissent un rayon. Et si ça ne suffit pas, j'ai un fusil de chasse, moi, et je sais m'en servir. Si ça ne s'arrête pas tout de suite, je fais un malheur ! Un malheur, madame ! Je les tue tous les deux !

L'indignation l'étouffait. Il s'arrêta, cherchant son souffle. Mina en profita pour à son tour hurler dans l'appareil :

– Mais, monsieur, tuez-les, tuez-les ! Et même, le plus tôt possible ! Délivrez-nous de cette catastrophe ! Mon fils préféré avec une *jifa*[2] !

Monsieur Touati comprit que la menace ne menait à rien. Il se précipita chez Nouvelles Frontières, acheta un passage sur

1. *Betar* : mouvement sioniste révisionniste fondé en 1923 à Riga (Lettonie), par Vladimir Zeev Jabotinsky, qui défendait deux idées : l'organisation d'une armée juive et la création d'un État juif entre les deux rives du Jourdain. Le Betar est l'allié des partis politiques de droite, dans l'actuel Israël. \ **2.** *Jifa* : juive.

le premier galion en partance pour Tel-Aviv et expédia la jouvencelle loin, très loin de la rue de Charonne.

Judith vécut six mois chez la sœur de Monsieur Touati, ivre de ressentiment. Mais notez ceci : elle donna les gages les plus sérieux. Elle avait oublié Jamal, complètement. Madame Touati sœur, interrogée à longue distance, alignait les rapports favorables et les apaisements. Jamal, hors du tableau. Mauvais rêve, oublié... Erreur d'adolescence... Jeunesse s'était passée. D'ailleurs Judith était amoureuse, comme cent mille autres Judiths, d'un androgyne[1] braillard nommé Aviv Geffen, fardé pire qu'une gitane et rien de moins que neveu de Moshé Dayan[2], l'homme au bandeau sur l'œil.

Judith fut autorisée à revenir. Elle revint, matée croyait-on, en réalité résolue à prendre la poudre d'escampette.

Plus jamais de *front*, plus jamais d'alibi.

Sitôt à Paris, elle fugua, et chercha à se faire attribuer d'urgence un toit par le maire, au motif que son père allait l'étrangler un jour pas très lointain. Un fonctionnaire hostile lui demanda une confirmation par écrit, signée par le futur meurtrier.

– Ma parole, mais c'est pire que le Maroc ici, gronda Jamal, qui accompagnait la quémandeuse.

– Si vous n'êtes pas content..., commença l'homme.

Puis il se tut, ayant jaugé la carrure du vis-à-vis. Mais d'appartement, point.

Où l'installer ? Une seule solution : le placard ! Il y avait un énorme buffet Henri-II dans la chambre de Jamal, hérité d'une

1. *Androgyne* : personne qui présente des caractères du sexe opposé. \ 2. *Moshé Dayan* (1915-1981) : militaire et homme politique israélien. D'abord chef d'état-major de Tsahal, l'armée israélienne, il fut ministre de la Défense pendant la guerre des Six Jours (1967) et la guerre du Kippour (1973).

Madame Gaulmier chez laquelle Mina faisait le ménage, autrefois. La mère de Jamal était dans la combine ; plus exactement, elle fermait les yeux. Malgré ce qu'elle avait hurlé à Monsieur Touati, elle était bien plus placide que lui. Bah ! Une Juive, une Grecque… De toute façon, son fils était un homme.

Quand les tourtereaux me montrèrent la cache, je crus que j'hallucinais. Il faut dire que je revenais d'Amsterdam où j'avais élu domicile au pied de la Westertoren, autrement dit à deux pas de chez Anne Frank[1].

– C'est qui, Anne Frank ? demanda Judith.

Je lui racontai tout, le 263 de Prinsengracht, la bibliothèque qui masque le passage secret, l'Annexe, Jan et Miep Gies.

– Alors, toi aussi tu vas écrire ton journal, rigola Jamal. *Le placard de Judith.*

Ou le placard de Régine, pensai-je. *Laisse-moi devenir l'ombre de ton ombre*[2]… Régine avait supplié Soren de ne pas rompre leurs fiançailles, elle était prête à passer le reste de sa vie dans un placard, auprès de lui. On peut voir ledit placard au musée de Copenhague, dans une salle consacrée à Kierkegaard[3].

Pendant quelque temps, tout alla bien. Judith avait trouvé du travail rue de la Grande-Truanderie, dans une minuscule entreprise de design. Pour l'entretien d'embauche, elle s'était mise sur son trente et un, tailleur strict emprunté à la sœur de David, discrets bijoux fournis tout aussi discrètement par Pedro. Une matrone dynamique l'interviouva[4].

1. *Anne Frank* (1929-1945) : adolescente juive allemande que le *Journal* qu'elle a tenu entre le 12 juin 1942 et le 1er juin 1944, alors qu'elle se cachait avec sa famille à Amsterdam, a rendue mondialement célèbre. Arrêtée puis déportée avec sa famille, Anne Frank est morte au camp de Bergen-Belsen. \ **2.** *Laisse-moi devenir l'ombre de ton ombre :* paroles de la chanson de Jacques Brel, *Ne me quitte pas.* \ **3.** *Søren Aabye Kierkegaard* (1813-1855) : célèbre philosophe danois. En 1837, il rencontre la jeune Régine Olsen et la demande en mariage en 1840. Un an plus tard, il rompt brutalement leurs fiançailles. \ **4.** *Interviouva* : au lieu d'« interviewa » ; Fouad Laroui écrit le mot tel qu'il se prononce.

– Judith Touati ? Touati… Vous êtes juive ?

Judith eut un bref moment de panique. La question avait été posée sur un ton neutre, elle ne savait comment l'interpréter. Elle murmura :

– Pas nécessairement.

L'autre leva les yeux et sourit.

– Excusez-moi. Ça ne me regarde pas, après tout. En tout cas, vous avez de la repartie ! Cela dit, être juif n'est pas un désavantage, dans le coin. Au contraire.

– Ah ? Bon.

Voilà qui facilitait les choses. Judith toussota.

– Si ça ne vous embête pas trop… Je voudrais ne pas être déclarée.

C'était pour éviter que son père ne retrouve sa trace. Elle croyait demander l'impossible ; mais embaucher des âmes mortes, c'est une seconde nature, dans le Sentier [1]. Autrement, comment rivaliser avec le Chinois ?

– Pas de problème, je vous paierai chaque vendredi. En cas de contrôle, vous filez par l'escalier, là-bas. Si on ne s'entend plus, je vous paie deux semaines et je ne vous connais pas.

Une certaine routine du bizarre s'installa, où l'élément sonore prédominait. Tout le monde tendait l'oreille dans la maison. Certains bruits (une porte qui grince, l'escalier qui craque) indiquaient que le père était rentré. Aussitôt Judith se glissait dans son placard, Jamal ouvrait un manuel de fonderie ou de comptabilité. Parfois, Abal-Khaïl pénétrait dans la chambre, d'autorité, sans même frapper à la porte. Il ne disait rien, il humait. Les papilles de son nez frétillaient, à la recherche d'odeur de tabac, ou pire ; lesquelles papilles ne connaissaient d'ailleurs pas les parfums des diablesses, autrement elles auraient hurlé au

1. *Le Sentier* : quartier du 2e arrondissement de Paris, célèbre pour ses ateliers de confection textile.

Guerlain, au Saint-Loup, au Chanel[1], horreur, une femme a transité ici. Ni tabac ni haschisch ? Abal-Khaïl ne faisait pas d'esclandre. Il refermait la porte de la chambre et ses pas s'éloignaient. Quelques minutes plus tard, on entendait des paroles étouffées, séparées par des silences recueillis. L'homme rendait grâces à Dieu. Sa prière finie, il s'enroulait dans un drap et s'endormait aussitôt.

Au petit matin, il disparaissait.

Jamal grimpait quatre à quatre les marches de l'escalier en bois qui menait à la cuisine. Il composait un petit déjeuner : café, biscottes, miel et jus d'orange, et le descendait à la belle endormie.

Judith prenait le métro jusqu'aux Halles et marchait vers l'étage encombré où elle était graphiste. Elle dessinait des petits singes hilares, des tortues sagaces, des girafes étonnées. Quelques Turcs à moustache, penchés sur leurs machines, transformaient les croquis en une ménagerie de tissu. La patronne s'entendait avec les grossistes, qui envoyaient des Tamouls[2] furtifs prendre livraison. Parfois, il y avait une période de presse inquiète, quand Naf-Naf ou Chevignon[3] réclamaient soudain dix mille cochons ou cent mille pandas. Mais le reste du temps, la vie s'écoulait, paisible. Il y avait les pauses café, des éclats de rire, le moulin à ragots, et aux beaux jours des flâneries dans le quartier sous de vagues prétextes. On allait déjeuner d'un sandwich sur un banc du square du Temple.

Le soir, Judith rentrait, par étapes. D'abord, prendre le métro jusqu'à Bagnolet (et non jusqu'à Alexandre-Dumas, car il fallait brouiller les pistes). S'installer sur une banquette de café. Siroter un Coca en feuilletant *Cosmo* ou *Voici*. Faire des mines au serveur, [pour] qu'il accepte le manque à gagner sans rugir.

1. Marques de parfums réputées. \ **2.** *Tamouls* : population de l'Inde du Sud et du Sri Lanka. \ **3.** Grandes marques de prêt-à-porter.

Et puis, vers sept heures, Jamal venait signaler que la voie était libre.

Aussitôt la musique éclatait de dix haut-parleurs, on improvisait une spaghetti-party, Mamadou, David, Pedro entraient et sortaient dans un tourbillon de « tu m'prêtes ta mob', on s'fait une vidéo, t'es au courant pour Kamel ? regarde les chouses[1] que j'ai secouées à cette tapette de Kevin ». L'appartement soudain était plus grand, plus clair. Ça trépignait, ça criait, ça s'engueulait ; la porte d'entrée, vaincue, restait grande ouverte.

Vers les onze heures, la tribu commençait à perdre ses membres, un par un. David filait le premier, il ne voulait pas contrarier son père, avec lequel il entretenait les meilleures relations du monde. Tout à coup, Mamadou n'était plus là, il ne subsistait de lui que le souvenir de son large sourire, dents blanches sur fond d'ébène. Pedro n'avait qu'un étage à descendre, il s'éternisait puis finissait, lui aussi, par mettre les voiles. Jamal et Judith aéraient soigneusement pour chasser les odeurs d'herbes diverses, de tabac et de spaghetti bolognaise ; puis ils se retiraient dans sa chambre (lui), son placard (elle).

À minuit, la maison était silencieuse.

Ce furent quelques mois de vie double, triple, voire quadruple ; des mois de tranquillité, malgré tout.

Il y eut une chaude alerte, ce jour où les parents n'allèrent pas au travail, pour je ne sais plus quelle raison.

Nous sommes, Abal-Khaïl et moi, en train de boire du thé en devisant lorsque soudain la porte s'ouvre à la volée. Jamal entre, conquérant, suivi de Judith trottineuse. Heureusement le père leur tourne le dos ; mais il voit mes yeux s'agrandir de consternation comme à chaque fois qu'une scène échappe à mon contrôle. Son regard acquiert une fixité de mauvais augure, je me

1. *Chouses* : chaussures (déformation de l'anglais *shoes*).

rends compte que la faculté de voir l'a provisoirement déserté et que tout ce qui vit encore dans ce corps usé se tend intensément vers la scène qu'il devine derrière lui. Ses narines palpitent, comme à la recherche d'un parfum satanique. Ses oreilles se dressent (c'est peut-être mon imagination) et il relève la tête, c'est imperceptible mais ça ne fait pas de doute, on dirait un cobra avant la pointe. À tout instant, il peut se retourner.

C'est un ballet étrange qui se déroule maintenant. Il est trop tard pour reculer, alors Jamal reste figé devant la porte grande ouverte. Judith tapie derrière lui, nous sommes à la merci d'un Mamadou ambulant, rigolard et, pour le coup, très gaffeur. Le père finit par se retourner, moins rapide que je ne l'aurais cru, en fait très lentement et avec une telle charge d'inéluctable que nous en sommes tous saisis. Il fixe son fils et celui-ci soutient son regard, parce qu'il ne peut pas faire autrement, peut-être aussi parce qu'il veut retenir ce regard dans ses propres rétines pour qu'il ne dévie pas vers un point traître de son corps où il verrait, par transparence, par magie, l'honnie-qui-se-terre. Soudain Mina surgit de sa cuisine, c'est-à-dire qu'elle déboule sur le flanc du tableau vivant que constituent son fils dressé comme un coq et, apeurée, la jouvencelle dans son ombre (c'est une façon de parler). Sans même ralentir, Mina force le passage, de sa main gauche elle empoigne Judith, l'enveloppe dans son vaste mouvement et l'entraîne, ni vu ni connu, la belle corpulence de l'une occultant la minceur modieuse[1] de l'autre, dans l'escalier qui mène vers les chambres d'en bas. Jamal reste là, dé-judithisé, planté haut et sec, sans nulle raison maintenant d'affronter Abal-Khaïl, sinon l'inertie de son effroi passé ; lequel Abal-Khaïl, ne s'étant aperçu de rien, ne bouge pas, sans doute parce qu'il tient à

1. *Modieuse* : à la mode (néologisme de l'auteur).

savoir le fin mot de l'affaire, le pourquoi de cet arrêt sur image qui se prolonge.

C'est là que j'interviens.

– J'ai vu des Weston [1] à cinq cents balles, boulevard de Sébastopol, dis-je bêtement.

Jamal déglutit.

– Des Weston à cinq cents balles ? Où ça ?

– Pas loin du Conservatoire des Arts et Métiers, inventé-je.

– C'est quoi, c'truc ?

– Le grand bâtiment, près du MacDo.

– Ouais, j'vois.

Et riche de cette information qui décevra à l'usage, il dévale à son tour l'escalier, me laissant seul avec l'homme dupe qui n'est pas maître chez lui.

Jamal et moi, nous fîmes le pèlerinage d'Ahssen, ce qui, on l'a vu, ne servit à rien. Judith passa la semaine chez la sœur de Pedro.

Puis un jour Tarik, un neveu d'Abal-Khaïl, débarqua à Orly et s'en vint prendre le thé rue de Charonne. Au cours de la conversation, il indiqua qu'il était là pour un an ou deux.

1. *Weston* : marque de chaussures de luxe.

4
Comment s'en débarrasser ?

Tarik avait la tête osseuse des fossoyeurs de *cartoon*[1]. Ses joues étaient creuses, et ses yeux noirs, trop enfoncés dans leurs orbites, lui donnaient l'aspect d'un corbeau déprimé. Mais de cela je ne pouvais lui en vouloir, personne n'est responsable de sa trogne ; je lui en voulais plutôt de la mine de fâcheux constipé qu'il affectait en toute saison, avec des renâclements laborieux et des pauses profondes entre les mots qui dégoulinaient de sa bouche. Je lui en voulais de son air vieilli et suffisant. Il haïssait la vie, mister Croque-mort. Au printemps, la haine de Tarik croissait à mesure que les jupes raccourcissaient. Comment dit-on *galbe*[2] en arabe ? J'avais parfois envie de lui demander : « Que penses du galbe de ce mollet, l'ami ? Et cette Parisienne qui vole gracieuse vers un rendez-vous, elle a le cul qui chante, non ? » Mais je refrénais mes ardeurs. Cousin (par alliance) ou pas, il m'aurait damné séance tenante, ce dont je n'ai cure, mais aussi sans doute signalé à ses frères en bigoterie[3], ce qui pourrait devenir un jour source de désagréments, car qui sait ce que l'avenir nous réserve ? J'étais déjà assez suspect comme ça avec ma manie de parler français en plein centre de Paris, capitale de la France. Alors, je me faisais plus cafard que Tartufe[4],

---

1. *Cartoon* : dessin animé (mot anglais). \ **2.** *Galbe* : arrondi, courbure. \ **3.** *Bigoterie* : dévotion excessive. \ **4.** *Tartufe* (ou *Tartuffe*) : protagoniste de la pièce éponyme de Molière (1669), exemple même de l'hypocrite qui joue la comédie de la dévotion.

je crachotais des tsss… tsss… furibonds sur le passage des belles déshabillées ; et je vouais aux gémonies[1], quitte à l'y suivre en rêve, toute créature qui avait l'audace de s'exhiber sur le trottoir autrement qu'empaquetée jusqu'aux sourcils tels les pains de sucre de mon enfance. Pourtant, rien n'est plus beau ni plus émouvant que le corps humain. Les artistes connaissent-ils d'autre inspiration, toscans ou papous ? Et quand ce serait un paysage, Philémon et Baucis[2] ne sont jamais loin, leurs branches s'entremêlant. Il existe une statue de sainte Thérèse en pleine extase qui prouve que la plus haute saccade de l'esprit suppose le corps, sans lequel il n'y a pas de trouble. Que font alors nos enragés, secs sarments de la désolation désertique dont ils sont issus ? On le voile, le corps humain, on le bannit, on le nie, on le décrète nul et non avenu… *Cachez ce sein que je ne saurais voir*[3]… Mais ce sein, triple buse, tu devrais sangloter de joie et de reconnaissance, pour ce qu'une divinité décidément trop bonne te permet de l'entrevoir – tes yeux, pileux inconséquent, à quoi te serviraient-ils de plus exalté ? Si encore tu te décidais à t'énucléer[4] et à me fiche une paix monumentale – mais non : c'est aussi pour moi que ton interdit s'érige. En vertu de quoi m'englobe-t-elle, ta juridiction, bilieux funèbre, face de carême, taliban[5] morose ?

Mais je m'égare.

1. *Vouer quelqu'un aux gémonies* : l'accabler publiquement de mépris. \ **2.** *Philémon et Baucis* : personnages de la mythologie grecque, dont le poète latin Ovide (Ier siècle av. J.-C.) raconte l'histoire dans *Les Métamorphoses* (VIII). Pour avoir ouvert leur porte à Jupiter et Mercure déguisés en pauvres voyageurs, ils furent, après leur mort, transformés en arbres entremêlant leur feuillage, Philémon en chêne et Baucis en tilleul. \ **3.** *Cachez ce sein que je ne saurais voir* : célèbre réplique de Tartufe, dans la pièce éponyme de Molière (III, 2). \ **4.** *Énucléer* : extirper les yeux des orbites. \ **5.** *Taliban* : membre d'un mouvement islamique militaire afghan, partisan de l'application intégrale de la loi coranique (ou *charia*).

Comment j'ai connu ce sale type

J'avais fréquenté Tarik à Casablanca, jadis. Après tout, il était vaguement cousin du mari de ma tante. Il m'avait incité à m'inscrire dans son club d'échecs, dans un local suifeux du Maarif[1]. Pourquoi pas ? Tout me semblait bon pour tromper l'attente : un passeport qui n'en finissait pas d'arriver. Le fait qu'il n'y eût pas un seul échiquier dans la salle commune ne m'avait pas semblé bizarre. On y jouait peut-être à l'aveugle ?

Mais une fois dûment inscrit, je me rendis compte que ce club était une couverture et que ça complotait sec à l'enseigne du Fou et du Cavalier. Le coup de Varsovie, la défense Nimzovitch, la variante Najdorf[2] ? À d'autres ! Nous, on fait de la politique (*horresco referens*[3]).

Moi, quand j'entends le mot politique, je sors mon mouchoir et je m'en fais une poire d'angoisse. Calé au fond de ma gorge, le morceau de tissu m'empêche de proférer une de ces approximations qui ont le don d'énerver les flics et les dévots. On me demande mon point de vue, je griffonne sur un bout de papier :

– J'ai un mouchoir dans la gorge.

Il n'y a qu'une seule façon de dire non, c'est : non. Toutes les autres veulent dire oui. C'est pourquoi ces émules (inverses) de Talleyrand[4] imaginent qu'avoir un mouchoir dans la gorge, c'est ne pas dire non. C'est donc que j'approuve leur folie. Et ils me laissent en paix.

Mais ces braves pousseurs de bois étaient des politicards assez spéciaux, puisqu'ils promettaient rien de moins que l'abolition de la politique dès leur arrivée au pouvoir. Ça ne laissait pas de

1. *Maarif* : quartier commerçant de la ville marocaine de Casablanca. \ **2.** Figures du jeu d'échecs. \ **3.** *Horresco referens* : « Je frémis en le racontant ». Locution latine extraite de l'*Énéide* de Virgile. \ **4.** Talleyrand (1754-1838) : homme politique et diplomate français, qui embrassa sans vocation la carrière ecclésiastique. Prêtre puis évêque d'Autun, il abandonna sa charge à la Révolution, émigra en Angleterre puis aux États-Unis et épousa sa maîtresse en 1803.

m'étonner. Est-ce que les pêcheurs exigent la disparition du poisson ? Est-ce que les danseurs dénoncent les bals ? Tout cela heurtait mon amour de la logique et des lignes bien droites ; et quand je dénichais dans la presse l'oxymoron[1] « intégristes démocrates », je répondais *in petto* : oui, il y en a ; comme il existe des centaures, des licornes et des hippogriffes. Et je ricanais, sceptique. Et je m'en allais, au vent mauvais, en haussant les épaules.

Mais au club, je ne disais rien.

Un jour, assis sur un gros tome de recettes de cuisine de Bobby Fischer[2], j'écoutais un velu vanter son nirvana futur, à côté duquel tous les Occidents se réduisent à une souille[3].

Et soudain, je ne sais ce qui me prit, un vieux fond de rage remonta en moi, le mouchoir disparut et je m'entendis demander, dans le silence caverneux où s'aiguisent les poignards :

– Oui, mais êtes-vous vraiment démocrates ?

BADABOUM !

Stupéfaction générale. Voilà qu'une *question* a été posée. C'est nouveau. On avait perdu l'habitude. On avait oublié, à force. Une question, dites-vous ? Où trouve-t-on cet article ? Et à quoi sert-il ? Encore une invention du Malin, probablement ; ou de la France.

Un mauvais coucheur, qui eût été le grand expert de la défense Alékhine[4] si l'intégrisme ne l'avait englouti, s'approcha de moi et répliqua par une autre question, puisque aussi bien les vannes étaient ouvertes :

– Ça veut dire quoi, démocrate ?

– Eh bien, par exemple, on discute, on vote, on accepte les résultats du vote...

Un murmure comminatoire[5] houle sur la foule, mon

1. *Oxymoron* (ou *oxymore*) : association dans une même expression de deux mots de sens opposé. \ **2.** *Bobby Fischer* (1943-2008) : célèbre joueur d'échecs américain. \ **3.** *Souille* : étable à cochons. \ **4.** *Défense Alékhine* : autre figure du jeu d'échecs. \ **5.** *Comminatoire* : menaçant.

programme frappe par son obscénité. Mais le maître des lieux, un sosie de Kasparov[1] avec une barbe de carnaval, lève la main et le grondement meurt.

– Nous allons montrer à notre jeune ami, que je soupçonne pourri par une éducation française (on vérifiera), nous allons montrer à notre jeune ami que nous sommes des démocrates authentiques !

Aussitôt, il instaure une commission, s'en bombarde président, désigne trois volontaires, dont Tarik, et les voilà qui vont s'abstraire dans un cagibi pour concocter une motion.

Quelques minutes plus tard, ils reviennent, importants, empesés. Le président nous révèle les sécrétions du conclave[2]. Il a été décidé de proposer la motion suivante : *Dieu existe.* Et on passe au vote.

Résultat : OUI, à l'unanimité.

Je n'avais pas osé m'abstenir.

Ça m'apprendra à poser des questions idiotes, me disais-je, en revenant du Fou et du Cavalier sous une pluie fine d'automne. Est-ce qu'on discute seulement avec ces gens-là ? Je rendis ma carte, que je n'avais d'ailleurs jamais prise : tout cela était assez virtuel. Ces conspirations-là sont des figures de style, pour commencer ; et puis elles prennent corps et on finit par pendre des hommes bien réels, même pas pour une virgule, pour un ricanement… Depuis l'incident, Tarik m'avait catalogué *suspect, intempestif, francophone.* Nous eûmes dès lors les rapports qu'entretenaient Voltaire et Dieu : nous nous saluions, mais nous ne nous parlions pas. Imaginez ma consternation quand il vint s'installer rue de Charonne, quasiment sous mon nez, au prétexte de suivre de vagues études à Jussieu.

1. *Garry Kasparov* (né en 1963) : autre grand joueur d'échec, russe cette fois. \ **2.** *Conclave* : assemblée des cardinaux dont le rôle est d'élire le pape.

Que faire ?

Il fallait donc résoudre le problème Tarik. Le père ne constituait pas une gêne insurmontable puisqu'il rentrait après minuit et disparaissait aux aurores. La mère fermait l'œil, et même les deux. Mais l'ami LaBarbe occupait les lieux pire que la Chine le Tibet. Il n'aurait pas manqué de s'apercevoir qu'il y avait une passagère clandestine dans la maison, et de le signaler au capitaine. Nous nous réunîmes, les amoureux et moi, pour réfléchir.

Jamal était porté vers les solutions extrêmes.

– Kidnappons-le.

– On le mettrait où ?

– Dans la cave.

– Et après ?

– Ben… On le nourrirait, on porterait des masques…

– Jusqu'à quand ?

Geste vague. Évidemment, j'avais oublié que l'horizon temporel de Jamal ne dépasse pas les trois semaines.

– On lui file des sous pour qu'il dise rien, proposa Judith.

Je haussai les épaules.

– Ces dogmatiques[1] sont incorruptibles, c'est bien là le problème.

Jamal revint à l'assaut.

– On téléphone à Pasqua[2] que Tarik il a pas de carte de séjour et que son visa a expiré.

Ce qui était la plus stricte vérité. Et pourtant, non, ça, j'en étais incapable. Souvenir de journées entières à faire la queue pour l'obtention dudit visa, de mille tracasseries pour la fameuse carte de séjour… Et puis, la délation au sein des familles… Non, il y a des limites.

---

1. *Dogmatique* : qui exprime son opinion comme une vérité indiscutable. \ **2.** *Charles Pasqua* (né en 1927) : ministre de l'Intérieur de 1986 à 1988 et de 1993 à 1995.

Au bout d'une heure de remue-méninges, nous n'avions rien trouvé. Ces barbus sont donc inexpugnables ? N'y aurait-il vraiment rien à faire ?

Si : attendre. Au bout de trois semaines de gouvernement, Tarik se rendit si impopulaire qu'une insurrection menée par une femme (une femme !) finit par le balayer.

Par son premier oukase [1] il nous avait interdit de jouer aux dames. Jusque-là, ce péché mortel avait constitué le seul passe-temps d'Abal-Khaïl. Après le couscous et le thé à la menthe, il allait chercher son damier, un très bel objet sculpté en bois de thuya, et infligeait aux hôtes de passage une raclée en bonne et due forme. En particulier, il aimait bien me battre. Ayant capturé mon dernier pion, il se rengorgeait, et vérifiait du coin de l'œil que Jamal avait assisté à mon humiliation.

– Alors, à quoi te servent tes diplômes ?

Mais le jour où il sortit le damier en présence de Tarik, celui-ci poussa un soupir long comme sa barbe. Nous ne comprîmes pas le message. L'importun se mit alors à émettre des tsss… tsss… qui allèrent croissant à mesure que la partie devenait serrée. Tant et si bien que je finis par lui demander distraitement :

– Tu as mal aux dents, l'ami ?

Il n'attendait que cela. Il répondit que sa dentition était parfaite, grâce à Dieu ; mais que c'était pour lui torture de voir deux hommes se damner devant lui ; que, si ça ne l'étonnait pas en ce qui me concernait (après tout, en quoi pouvais-je revendiquer le titre de musulman ?), il était désolé que j'entraînasse l'oncle sur une si mauvaise pente…

– Mais, l'interrompis-je, c'est *son* damier et c'est lui qui m'a proposé de jouer. Moi, je préfère les échecs. Tu te souviens, à Casablanca, ton club bidon…

1. *Oukase* : décision arbitraire, ordre impératif.

– C'est la même chose. Dieu a interdit le jeu.

– Les jeux d'argent, peut-être, répliquai-je ; mais pas une simple partie de dames sans le moindre enjeu.

Il ricana.

– Ce n'est quand même pas toi qui vas nous expliquer la Parole de Dieu.

Il se tourna vers Abal-Khaïl et récita, profond comme une outre :

Ils t'interrogent sur le vin et le jeu
Dis : c'est là péché mortel[1] *!*

Puis il invoqua trente-six autorités qui établissaient sans conteste la détestation divine du jeu de dames. Le bel objet de bois de thuya fut offert aux voisins, les Gomez, qui de toute façon étaient damnés parce que chrétiens.

Ce fut ensuite le tour de la musique. Il paraît qu'elle détourne de la prière… J'eus beau citer un fragment de la sourate du *Voyage nocturne* :

– « Parmi les prophètes, nous avons accordé à certains plus de faveurs qu'à d'autres. À David nous avons donné les Psaumes. » David[2] chantait en s'accompagnant d'une harpe, si je ne m'abuse ?

Tarik haussa les épaules, plein de mépris.

– Ça c'est ce que prétendent les juifs et les chrétiens, qui ont tout déformé. On ne trouve rien, ni dans le Coran ni dans les Hadiths[3], rien qui puisse permettre d'affirmer que David utilisait un instrument de musique.

Un vague souvenir de hadith me revint en mémoire.

– « La voix du prophète David était extrêmement belle, mélodieuse, ensorcelante… Quand il récitait les Psaumes, les hommes, les djinns[4], les oiseaux et les animaux sauvages

1. Citation de la sourate II, 219 du Coran. \ **2.** *David* : roi d'Israël, considéré comme l'auteur du livre biblique des Psaumes. \ **3.** *Hadiths* : recueils des actes et paroles de Mahomet. \ **4.** *Djinns* : génies, bons ou mauvais, dans les croyances musulmanes.

s'assemblaient autour de lui. » Alors, on peut au moins chanter a cappella ?

Tarik conclut la joute par une autre citation :

– « Un jour viendra où de l'intérieur même de ma communauté certains tenteront de légaliser la fornication, le port de la soie, le vin et la musique. » Ce jour-là est bien arrivé. Regarde-toi.

Abal-Khaïl n'avait pas compris grand-chose à l'affaire mais, entre le glabre et le goupillon[1], son choix fut vite fait.

Exit la musique.

La maison sombra dans la morosité.

C'est alors que Tarik commit une erreur monumentale. Il faut dire que Mina faisait chaque jour sa corvée de repassage en regardant une série télévisée brésilienne. Ce matin-là, elle suivait le deux cent vingt-troisième épisode : on allait enfin savoir si le héros Sylvio épouserait la douce orpheline, laquelle allait recevoir l'acte officiel de son divorce d'avec le méchant Guzman, Sylvio étant sur le point d'être libéré de la prison où il croupissait, victime d'une machination diabolique, etc. Le suspense était insoutenable, quand soudain Mina entendit, derrière elle, le fameux tsss… tsss… Tarik assis sur une chaise, raide comme la justice, désapprouvait.

Mina pressentit des événements fâcheux. Car entre le premier tsss… tsss… et la guillotine il ne s'écoulait jamais plus de vingt-quatre heures.

Mais on ne touche pas aux *novellas*[2] brésiliennes ! C'est le soupir de l'âme oppressée ! C'est l'opium de ceux qui ne rêvent plus !

1. *Le glabre et le goupillon* : l'auteur joue ici sur la locution familière « le sabre et le goupillon », qui désigne l'armée et l'Église, le goupillon étant l'objet rituel dont on se sert, lors des cérémonies religieuses, pour asperger les fidèles d'eau bénite. \ **2.** *Novellas* : feuilletons télévisés à caractère sentimental, copiés sur les séries américaines.

Le lendemain, Mina servit un couscous froid, sans sel et pour tout dire immangeable. Elle retourna immédiatement à la cuisine. Abal-Khaïl goûta, réfléchit un instant et décida de décommander l'immense colère qui s'annonçait en lui. Évidemment, ce désastre devait signifier quelque chose, car Mina était d'ordinaire un cordon-bleu. Il se gratta la tête, cherchant une explication, mais en vain.

Le soir venu, il s'aperçut que Mina s'apprêtait à dormir dans le salon. Il perdait coup sur coup une cuisinière et une femme. L'affaire était grave.

– Parle, ordonna-t-il.

– C'est lui ou moi, répondit-elle, en se retournant contre le mur.

Abal-Khaïl aurait pu, à ce moment-là, invoquer le trente-huitième verset de la quatrième sourate :

Les femmes vertueuses obéissent et sont soumises
Vous gronderez celles dont vous craignez la désobéissance
Vous les reléguerez dans des lits à part, vous les battrez...

et tomber sur la gréviste à bras raccourcis.

Il ne le fit pas, cependant. J'imagine qu'il avait d'excellentes raisons, dont la moindre n'était pas que les sentences prononcées par les juges parisiens, dans les affaires de coups et blessures, excipent[1] rarement d'un verset du Coran. Et puis Mina était plus forte que lui.

Une semaine plus tard, il trouva une chambre où installer Tarik, dans un foyer de la Sonacotra. L'intempestif ne pouvait pas ne pas comprendre d'où était venu le coup. Son ressentiment envers les femmes dut croître à proportion.

1. *Excipent rarement sur un verset du Coran* : s'appuient rarement sur un verset du Coran.

On s'est débarrassé de Tarik : très bien. Mais l'alerte a été chaude. Alors Jamal et Judith, et Mina un autre jour, me demandent de me mêler de cette histoire, qui au fond ne me concerne pas. Est-ce que je ne pourrais pas circonvenir le père, lever cette malédiction éternelle, obtenir à défaut de son approbation, du moins qu'il ferme les yeux ? J'acceptai l'ambassade, pour voir.

5

Le NON du père

Le père.

Il aurait voulu qu'on l'appelle *Abou Jamal* : le père de Jamal. Respect et considération pour l'homme qui a perpétué ses gènes de la seule manière qui compte, en offrant au monde un petit braillard couillu. Mais cette exaltation de la paternité, ce sont les usages de l'Orient, pas de la rue de Charonne, où l'on se contrefiche de l'état civil de son voisin.

C'est un homme de taille moyenne, épais et méfiant. Il porte moustache. Il se déplace lentement. Il a le regard lourd. Il ne rit jamais. Y a-t-il, d'ailleurs, de quoi rire ?

Il aurait voulu qu'on l'appelle le *cheikh*, l'Ancien ; mais, à Paris, personne ne s'avise de l'appeler autrement que Monsieur Abal-Khaïl, lorsque tout va bien, ou « Hé ! vous là-bas » lorsqu'il y a grabuge ou maldonne.

Abal-Khaïl, ça veut dire : *l'homme-aux-chevaux*, c'est noble, c'est puissant, ça se prononce, en arabe, avec l'accent tonique sur le Kha, qui râpe la gorge (Khâ !), et ça donne un nom qui claque, impatient et brutal, un nom de connétable [1] ou de chef de bande.

Mais ici ? Babalké, Abalquille, Cabal-kaki, on ne sait comment prononcer son nom, c'est un festival d'expropriations qui ne lui

1. *Connétable* : chef suprême de l'armée française jusqu'au début du XVIIe siècle.

veulent aucun mal mais qui lui glacent le cœur et cristallisent sa haine.

Pour quelques lettrés, Abal-Khaïl, ça évoque peut-être Victor Hugo (*Alors Tubalcaïn, père des forgerons/Construisit une ville énorme et surhumaine*[1]...) mais pour les autres c'est bougnoule et compagnie.

– Son nom : la première chose qu'Abal-Khaïl ait perdue en traversant la Méditerranée.

Un jour, à la préfecture de police de Paris, île de la Cité... Il attend depuis deux heures le renouvellement de sa carte de séjour. C'est le mois d'août, c'est la canicule, et la ventilation est en panne. Le haut-parleur crachote :

– Monsieur Balkany ! Guichet 13.

Abal-Khaïl s'approche, il croit que c'est son tour. Mais non, un authentique Balkany est déjà là, qui farfouille dans un porte-documents. Deux hommes devant elle, la fonctionnaire est contrariée.

– Dégagez mon bureau, dit-elle simplement.

Dégage ! *Digage* ! Elle ne sait pas, la pauvrette, que c'est l'injure suprême qu'on puisse faire à un Maghrébin. Pourquoi ? Mystère ! Ça doit remonter au duc d'Aumale[2], ces susceptibilités sémantiques. Elle ne sait pas qu'elle a risqué sa vie, tant la colère d'Abal-Khaïl a été intense, pendant une nano-seconde, à faire fondre tous les tokamaks[3] de Russie...

Un soir, je le vis passer devant une affiche de cinéma, complètement indifférent, et je compris soudain ce qu'*étranger* veut

1. Citation du poème « La Conscience », de Victor Hugo (*La Légende des siècles*, 1859-1883). \ **2.** *Henri d'Orléans, duc d'Aumale* (1822-1897) : gouverneur général de l'Algérie en 1847. Célèbre notamment pour avoir vaincu l'émir algérien Abd el-Kader (1808-1883) en 1843. En 1847, l'émir, traqué, s'était réfugié au Maroc. \ **3.** *Tokamak* : appareil dans lequel on étudie les réactions de la fusion thermonucléaire.

dire. Le titre du film était un jeu de mots peu subtil qui supposait toutefois chez le lecteur une synapse [1] entre la comtesse de Ségur et le marquis de Sade ; tout cela perdu pour Abal Khaïl. Étranger, c'est d'abord une question de mots.

Par exemple, quand je dis « le métro », rien ne m'empêche de penser au « métropolitain », puis au « chemin de fer métropolitain », je me rattache ainsi à cette rassurante évolution qui commença avec la machine de Stephenson [2], ou mieux : avec ce fardier de Cugnot [3] qui nous faisait tant rêver à l'école ; puis je peux imaginer des messieurs graves, portant lorgnon et barbiche, qui décident à l'issue d'un conseil d'administration de construire un « chemin de fer métropolitain » sous les hourras de la presse et des spéculateurs.

Mais Abal-Khaïl ? Lorsqu'il utilise un de ces mots, c'est d'une sécheresse ! Ce sont des orphelins, des feuilles tombées d'un arbre inconnu. Je me demande parfois quel effet cela fait. Je suis témoin d'une scène de la vie quotidienne et me la raconte ainsi, inventant des substantifs sans substance :

– *Deux zagalos s'amalgarent, la klombe de l'un bouquette l'autre ; traboula ! Mais voici une bibulette, gare, elle affure un zéco…*

Effectivement, des mots sans épaisseur, ça donne un monde étrange. Je comprends mieux l'hostilité de principe d'Abal-Khaïl envers tout ce qui bouge. Mais après tout, qui me dit qu'il utilise des mots ? Peut-être ne voit-il que des couleurs ? *Du jaune, beaucoup de jaune ; voici une sphère blanche, elle prend du volume, écartons-nous. Que me veulent ces taches noires ? Allons plutôt vers ces verts prometteurs…* Mais ce jaune, pour moi, c'est une plage de sable blond, et aussitôt je vois la mer, la mer toujours

1. *Synapse* : au sens propre, région de contact entre deux neurones ; ici, le terme signifie « rapprochement, association ». \ **2.** *La machine de Stephenson* : locomotive inventée par l'Anglais George Stephenson en 1814. \ **3.** *Joseph Cugnot* : inventeur d'une des premières locomotives, le fardier à vapeur, dit « fardier de Cugnot » (1769), destiné à transporter de l'artillerie.

recommencée[1], une grande palette de bleu sombre et de poésie. Cet éblouissement, c'est le soleil qui s'en va, sans d'abord qu'en s'en aperçoive. Une lune laiteuse apparaît bientôt, derrière l'autre rive, et des nuages de sang fêtent la mort du soleil et le sommeil de la raison. Ces taches noires – ce sont des cadavres, qui pendent aux mailles... Sur la droite, des tons verts, ce sont des feuilles, suspendues à un fil invisible. Et je me souviens que Turner[2] n'utilisa jamais cette couleur qui est la plus difficile de toutes, à cause de l'infinie variété de sa présence dans la nature ; et je m'aperçois que j'ai construit tout un monde à partir de quelques teintes et de choses lues, et qu'il m'est rigoureusement impossible d'en construire un autre. Ce qu'Abal-Khaïl ferait de ces couleurs, il me faudrait revivre les cinquante ans de *ses* rétines et savoir, par exemple, que tel jour d'été, alors qu'enfant il gardait des chèvres dans l'Atlas, un lynx argenté s'approcha dangereusement et que, depuis, cette alliance de l'acier et du brun clair est pour lui du plus mauvais augure...

Oublions tout cela :

– La saveur des mots : la deuxième chose qu'Abal-Khaïl ait perdue en traversant la Méditerranée.

Je descends parfois la rue de Charonne avec lui. C'est le parcours du combattant de la Foi : les panneaux publicitaires débordent de seins, de cuisses bronzées, de houris[3] éclatantes de santé qui invitent au stupre[4]. *Staghfiroullah*, je m'en remets à Dieu, murmure-t-il en baissant les yeux, et il rend grâces au Très-Haut de ne pas lui avoir donné de fille à élever dans ces

1. *La mer, la mer toujours recommencée :* vers célèbre du poème *Le Cimetière marin* (1920), de l'écrivain français Paul Valéry. \ **2.** *Joseph Turner* (1775-1861) : peintre britannique célèbre pour ses recherches sur la couleur et le rendu de la lumière. \ **3.** *Houris* : jeunes vierges que le Coran promet aux musulmans fidèles au paradis d'Allah. Ici, le terme désigne simplement de belles femmes. \ **4.** *Stupre* : débauche, luxure.

contrées de perdition. Paris, c'est la grande prostituée dont accoucha l'exil et qui enfantera l'enfer.

Paris… Parlons-nous, d'ailleurs, de la même ville ? La tour Eiffel, il la voit tous les jours, il s'imagine qu'elle a toujours été là, elle l'intéresse aussi peu qu'une grue de chez Bouygues. L'Exposition universelle de 1887[1], les dessins de l'ingénieur Eiffel, la conception hyperstatique, les polémiques dans *Le Figaro*, ces snobs qui ordonnaient à leur chauffeur de faire un détour pour ne pas voir l'horreur métallique… Les édifices parisiens, recrus d'histoire, il n'en voit que l'apparence. *Un souvenir de civilisations disparues vous obsède à chaque instant dans ce Paris colossal…* Quand je déjeune chez lui, je vais me dégourdir les jambes place des Vosges, c'est à deux pas. Or, Parisien depuis trente ans, Abal-Khaïl n'a jamais mis les pieds place des Vosges. Autrefois, j'habitais la Maison des Mines, rue Saint-Jacques. Le soir, en rentrant chez moi, je croisais le fantôme de Nicolas Malebranche[2], quelques conspirateurs du club des Jacobins[3]. Le couvent des Ursulines résonnait du rire des enfants du général Hugo. Une petite rue toute proche, insignifiante pour Abal-Khaïl, me semblait peuplée par des ombres de géants, Henri Poincaré[4] en tête : c'était la rue d'Ulm. Cette ville, quand je m'y déplace, je la *lis*. Pour Abal-Khaïl, c'est une écriture incompréhensible, c'est de l'hébreu.

– La mémoire des lieux : la troisième chose qu'Abal Khaïl ait perdue en traversant la Méditerranée.

Une question pour les métaphysiciens : quand Abal-Khaïl mourra, quand la soute d'un Airbus l'emportera vers sa terre natale, le poète pourra-t-il dire : il a vécu ? Les yeux dans le

1. Erreur de l'auteur : l'Exposition universelle a eu lieu en 1889. \ 2. *Nicolas Malebranche* (1638-1715) : philosophe, prêtre et théologien français. \ 3. *Le club des Jacobins* : société politique révolutionnaire créée à Versailles en avril 1789. \ 4. *Henri Poincaré* (1854-1912) : mathématicien, physicien et philosophe français.

vague, Abal-Khaïl a rêvé plutôt que vécu, il a rêvé en faisant des gestes d'automate sur une chaîne de montage de la Régie Renault ; puis, quand une machine à l'affût d'une distraction lui a arraché la main, il s'est reconverti en aubergiste avec l'argent de l'assurance. Il accueille le client et le sert, toujours poli mais les yeux vides. Il continue de rêver. L'an prochain à Beni-Mellal, c'est la prière profane qui l'aide à vivre dans ce pays opaque.

– Sa vie : la quatrième chose qu'Abal-Khaïl ait perdue en traversant la Méditerranée.

Je suis donc chargé, à la demande générale, d'intervenir, de faire entendre raison au père, qu'il cesse d'opposer son veto aux amours naissantes de son fils. Chacun s'est inventé une course urgente, un devoir de maths, une migraine. Nous sommes seuls devant une théière fumante et une assiette de cornes de gazelle [1]. Je n'y vais pas par quatre chemins.

– Dis-moi, pourquoi refuses-tu que Jamal amène son amie ici ?

– Mais… c'est une *jifa* !

– Mais encore ? À toi personnellement, qu'est-ce que les Juifs t'ont fait ?

Il se verse un verre de thé, sans mot dire. L'instant est grave. Le ressentiment va se transmettre, d'une génération à l'autre. Il boit une gorgée, rassemble ses griefs et entame le voyage au bout de la haine.

Récits de la grande détestation

1. *Histoire d'eau*. Mon père tenait un bistrot à Meknès [2]. Un matin, ayant fini de laver le sol, il sort sur le trottoir et

1. *Cornes de gazelle* : pâtisseries orientales en forme de croissant. \ **2.** *Meknès* : ville du centre du Maroc.

verse l'eau sale dans le caniveau. À ce moment précis, une procession débouche au coin de la rue, on enterre un Juif. Mais – va savoir pourquoi ! – la procession s'arrête net, fait demi-tour et les Juifs s'en retournent chez eux. Tout est à refaire. Peut-être que c'est plus valable, leurs funérailles, si un musulman balance un seau d'eau en travers de la route ? Faudrait demander à un rabbin.

Quoi qu'il en soit, le temps de dire ouf, trois sbires se présentent au bistrot et mettent le grappin sur mon père, qui n'en peut mais. En ce temps-là, la justice était rendue par le Pacha. Le Pacha ordonne que l'on jette l'homme au cachot, au motif qu'il a versé de l'eau devant une procession mortuaire de Juifs. Mon père voulut protester qu'étant sourd d'une oreille et dure de l'autre, il n'avait rien entendu venir, mais les gardes ne lui en laissèrent pas le temps : une torgnole le rendit définitivement sourd des deux oreilles. Il resta là, ahuri, les bras ballants.

On finit par le relâcher. Il interdit alors à sa famille tout contact avec les Égarés [1]. Quand on avait besoin d'un tapissier à la maison – les meilleurs étaient juifs –, il interdisait qu'on lui offre du thé, du café ou même un simple verre d'eau. Il se cloîtrait dans sa chambre jusqu'à ce que la vue fût dégagée.

2. *Histoire d'urine*. La fillette de ma tante (celle qui habite Ksar el Kbir) passait des nuits agitées. Quelqu'un suggère d'aller consulter Aïcha, une sorcière juive plus que centenaire qui habitait dans une cabane, à l'orée du village.

– Cette petite est sujette à des cauchemars épouvantables et récurrents, dit ma tante.

– Un seul remède, glapit la sorcière : le pipi de sa maman !

– Pardon ?

1. *Les Égarés* : il s'agit des Juifs, qui ne suivent pas la voie de l'islam.

– Chaque matin, faites-lui avaler à jeun un gros bol empli de l'urine de sa mère. En une semaine, le diable y serait-il, les cauchemars auront disparu.

Tu penses bien que nous ne mîmes aucun empressement à vider le pot de chambre de la génitrice dans la gorge de l'enfant. Des années plus tard, Tarik nous révéla que l'urine contient un poison violent, qui aurait achevé la gamine. Où la duplicité des Juifs ne va-t-elle pas se loger !

3. *Histoire de génisse.* Quand je vais à la banque demander un prêt, jamais je ne l'obtiens. Mille questions, mille détails… Pas mèche ! Tu sais pourquoi ? Parce que les Juifs ont introduit les discussions sans fin, la chicane et les finasseries dans ce bas monde. Écoute, ce sont les versets 63 à 66 de la deuxième sourate du Coran :

Moïse un jour dit à son peuple :

– Dieu vous ordonne d'immoler une génisse.

Les Israélites s'écrièrent :

– Tu te f… de nous ?

– Je ne suis pas un farceur, Dieu m'en préserve.

– Alors prie ton Seigneur, répliquèrent-ils, de nous expliquer clairement quelle doit être cette génisse.

– Dieu ordonne qu'elle ne soit ni vieille ni jeune, mais d'un âge moyen. Faites donc ce qu'il vous demande.

Les Israélites insistèrent :

– Prie ton Seigneur de nous expliquer clairement quelle doit être sa couleur.

– Dieu veut qu'elle soit d'un jaune vif, d'une couleur qui réjouisse l'œil de qui la regarde.

– Prie le Seigneur de nous expliquer distinctement quelle doit être cette génisse, il y a des tas de génisses qui se ressemblent et nous ne ferons le bon choix que si Dieu le veut.

– Dieu ordonne que ce ne soit pas une génisse fatiguée par le travail du labourage ou de l'arrosage des champs, qu'aucun mâle ne l'ait approchée, qu'elle soit sans tache.

– Voilà qui est clair, s'écria le peuple – et ils immolèrent une génisse ; et cependant peu s'en fallut qu'ils n'en fissent rien.

Et cependant peu s'en fallut qu'ils n'en fissent rien, répéta Abal-Khaïl, le doigt levé.

– Une ténébreuse affaire.

– Mais non, c'est limpide. Comment faire confiance à des gens qui chicanent Dieu Lui-même ?

– Mais, cher oncle, toutes ces histoires, ce sont des anecdotes. Ils en ont autant à notre service.

Il haussa les épaules et se versa un verre de thé.

– Cela dit, concéda-t-il, je veux bien que les Juifs existent. Sinon, comment Dieu nous distinguerait-il, nous autres fidèles, de ces Égarés qu'il a maudits ? Mais qu'ils me prennent mon fils, holà !

– Est-ce que tu as essayé de parler avec Jamal ?

– Est-ce qu'il m'écoute seulement ? Pour commencer, je lui aurais dit : si tu fréquentes une Juive, tu vas entrer dans la géhenne[1] des Juifs. Leur enfer, c'est qu'ils sont toujours angoissés. Nous, on s'en fout. On vit comme les chats ou les fleurs. On naît, on vit, on défuncte[2] et Allah est grand. Mais, eux, ils vivent dans l'angoisse.

Abal-Khaïl n'en dira pas plus. J'ai renoncé, une fois pour toutes, à lui demander des explications lorsqu'il profère de ces absurdités sur un ton grave et lent, pour la bonne raison *qu'il n'y a pas d'explication*. Ses certitudes, il les acquiert par osmose, par capillarité, il lui suffit de tendre l'oreille en servant ses clients. D'habitude je suis d'une oreille distraite ses divaga-

1. *Géhenne* : enfer. \ **2.** *On défuncte* : on meurt. Verbe créé par l'auteur à partir du mot *défunt*.

tions, en sirotant mon thé. Je considère ces ordalies [1] comme autant d'occasions de me montrer maître de moi. Ce sont mes exercices spirituels. Une fois, une seule, je ne pus me retenir. Il venait d'affirmer que les Juifs sont à l'origine de tous les maux du monde ; or l'origine de tous les maux du monde, c'est mon dada, j'y pense tout le temps, j'ai ma théorie.

– Désolé de te contredire, cher oncle, ce ne sont pas les Juifs, ce sont les Anglais.

– Les Anglais ?

– Mais oui. Prends n'importe quel conflit, guerre tribale, contentieux frontalier, gratte un peu et tu verras apparaître la tronche d'un rosbif lointain, un Castlereagh, un Balfour, un Sykes, un Curzon [2]...

– Les Anglais ?

Désarçonné, il resta silencieux. Puis :

– Il y a des Juifs chez les Anglais ?

J'avale une gorgée de thé. Ma médiation est inutile, ces haines requièrent l'érosion de temps géologiques... Soudain Abal-Khaïl semble se souvenir de quelque chose. Il se lève, descend les marches qui mènent à sa chambre et revient muni d'une sacoche, qu'il dépose avec précaution sur la table. Il en tire ce qui a dû être un livre autrefois mais n'est plus qu'une liasse de feuillets jaunis, liés entre eux par une couture grossière.

C'est une édition en roumain du *Protocole des Sages de Sion* [3].

1. *Ordalies* : au Moyen Âge, jugements de Dieu par le feu ou l'eau. Ici, c'est n'est pas Dieu mais le père qui, accordant foi à la rumeur, condamne les Juifs. \ **2.** *Rosbif* : Anglais (appelation familière et péjorative). *Castlereagh, Balfour, Sykes, Curzon* : diplomates et hommes politiques anglais. Arthur James Balfour est l'auteur de la déclaration Balfour, publiée le 2 novembre 1917 par le gouvernement britannique, qui proposait la création d'un foyer national juif en Palestine. \ **3.** *Protocoles des Sages de Sion* : célèbre faux antisémite attribué à Mathieu Golovinski, un Russe vivant à Paris à la fin du XIXe siècle. Sans doute rédigé à la demande de la police secrète du tsar, ce texte est à la base du mythe d'un « complot juif mondial » pour anéantir la chrétienté et dominer le monde.

– Voici la preuve ! tonne-t-il. Tu connais ?

Je m'abstiens de lui dire que non seulement je connais le faux de l'Okhrana[1] mais que j'ai même, autrefois, caressé l'idée d'en faire une comédie musicale (« Treize rabbins mènent la danse »). Comme je me doute bien qu'il est peu susceptible d'écumer les librairies et qu'il ne se rend probablement même pas compte qu'il stocke un livre écrit dans la langue de feu le Conducator[2], je me contente de lui demander :

– Qui c'est qui t'a fourni ça ?

– C'est un monsieur qui déjeune souvent chez nous, au restaurant. Il travaille juste à côté, c'est un journaliste. Tu devrais faire sa connaissance. Passe donc demain, c'est son jour.

– Il s'appelle comment ?

– Monsieur Gluard.

Tiens donc.

1. *Okhrana* : police politique secrète de la Russie tsariste. \ **2.** *Le Conducator* : surnom du dictateur roumain Nicolae Ceausescu (1918-1989).

6
Vitupérations de Gluard

Gluard.

Je connaissais l'animal.

C'était le rédacteur en chef de *L'Instant*, un petit homme dodu et spongieux qui portait nœud pap'et gilet de velours pourpre en toute saison.

Penché sur la table, les yeux exorbités, il enfournait d'énormes boules de couscous en émettant des schlurrrrp entrecoupés de petits couinements de jouissance.

Je pris une chaise et m'assis à califourchon en face de lui. Il m'aperçut mais ne cessa pas de manger, se contentant de me surveiller en me regardant par en dessous.

– Dites-moi, c'est assez répugnant, ce que vous faites.

Il se méprit.

– C'est ma façon de manger et je vous emmerde, bredouilla-t-il en expulsant quelques morceaux de semoule, de poulet, de merguez et de viande de bœuf tachés de harissa. Qui diable êtes-vous ? Qu'est-ce vous m'voulez ?

– Je veux dire, c'est assez répugnant de monter Abal-Khaïl contre les Juifs. C'est vous qui lui avez donné le *Protocole des Sages de Sion.*

– Qui êtes-vous ?

– Je suis le neveu d'Abal-Khaïl, par conséquent le cousin de Jamal.

La trogne de Gluard s'éclaire. Il s'arrête de manger et me tend une main luisante de graisse que je serre quand même, parce que je suis bien élevé.

– Ah ! Mais il fallait le dire tout de suite ! Je suis un grand ami d'Abal-Khaïl, et votre cousin Jamal, je l'adore positivement.

– Pardon ? Vous êtes bien le rédac'chef de *L'Instant* ? Je vous croyais raciste.

Gluard haussa les épaules.

– Tout de suite les grands mots ! Raciste, qu'est-ce que ça veut dire ? Vous donneriez votre fille à un bougnoule, vous ? De toute façon, nous on est nationalistes, pas racistes. Nuance.

Il se fit conciliant.

– Vous savez, nous, on vous aimait bien quand vous étiez en burnous bien au chaud dans votre gourbi [1].

Il se délectait de ces mots apprivoisés qu'il roulait dans sa bouche comme du bon vin.

– Mais maintenant, vous roulez en 4×4 et vous vous fringuez chez Smalto ! Le minitel dans la casbah [2] ! La modernité ! À quoi bon, grands dieux ! La modernité, mais c'est une invention de juifs et d'homos ! C'est la capitulation devant le Grand Capital ! N'étiez-vous pas plus heureux dans le désert ?

Il profita de mon silence pour faire un sort à son couscous royal. Puis il repoussa son plat, rota et cria « Du rab ! » en direction de la cuisine. Abal Khaïl vint déposer un deuxième plat de semoule sur la table. Gluard remercia d'un hochement de tête.

– Tiens, à propos, regardez la une de cette semaine : nous publions un sondage d'où il appert [3] que le couscous est devenu le troisième plat préféré des Français, après le steak-frites et le

1. *Gourbi* : taudis, habitation misérable. \ **2.** *Casbah* : en arabe, « citadelle ». Par extension, la vieille ville qui s'étend autour de la casbah. \ **3.** *Il appert* : il ressort, il apparaît (verbe *apparoir*).

gigot d'agneau. À Paris, il arrive même en tête, gémit-il, tout en attaquant son couscous royal. C'est pas normal, ça, on est quand même au pays d'Escoffier[1] ! Même chose chez nos voisins : le plat national des chleuhs[2], je vous le donne en mille ? Choucroute, saucisse de Francfort ? Estomac de porc farci à la mode palatine ? Que tchi[3] ! C'est le *döner kebab*, une saloperie turque. Quant aux Anglais... *Fish and chips*, dites-vous ? Tu parles ! Le curry à toutes les sauces, oui ! Bonjour, l'Inde éternelle. Vous nous colonisez par le ventre, dites donc.

– Qu'est-ce que vous foutez ici, Gluard ?

– Ah, écoutez, le couscous, c'est ma drogue et votre tante fait le meilleur couscous de Paris. Bien mieux que la Fatima de la rue Faidherbe, un repaire d'intellos de gauche, j'y ai fait le coup de poing un jour, j'y suis blackboulé...

– Tout de même, ce n'est pas très logique, tout ça.

Gluard change promptement de registre, la mauvaise foi c'est son fonds de commerce, *plus c'est gros, plus ça passe* et d'ailleurs, *l'homme n'est pas né pour résoudre des contradictions, mais pour les vivre.*

– Mais le couscous est originaire d'Auvergne ! Vous ne le saviez pas ? Si, si, je vous l'assure, c'était dans *Le Monde*. Vous nous l'avez piqué, comme tout le reste.

– Quel reste ?

– Et la meilleure recette de couscous, je vous le donne en mille, c'est celle de George Sand[4], *notre* George Sand, qui n'était pas précisément Travadja la moukère[5] ! D'ailleurs, comment votre tante nous l'aromatise-t-elle, son couscous, hein ? Maniguette[6], muscade, poivre, cardamome, girofle, cannelle : ça

1. *Auguste Escoffier* (1846-1935) : célèbre cuisinier français, créateur, entre autres, de la pêche Melba, des crèpes Suzette, de la poire Belle-Hélène. \ **2.** *Chleuhs* : terme péjoratif pour désigner les Allemands. Le mot, à l'origine, désigne le « peuple berbère ». \ **3.** *Que tchi* : rien du tout. \ **4.** *George Sand* (1804-1876) : romancière française, auteur, entre autres, de *La Mare au diable* (1846). Sand aimait recevoir et préparer ses propres recettes, dans sa maison berrichonne de Nohant. \ **5.** *Moukère* : mot algérien tiré de l'espagnol *mujer*, « femme ». \ **6.** *Maniguette* (ou graine de paradis) : épice originaire d'Afrique de l'Ouest.

fleure bon la France, tous ces noms, un vrai poème ! Vous nous avez tout piqué ! Votre contribution : vous ajoutez de la cantharide [1] qui n'est ni plus ni moins qu'un coléoptère : un insecte, quoi.

Il se versa à boire.

– Mais trêve de digressions culinaires : je dois aussi vous avouer que je viens parfois ici dans l'espoir d'y revoir votre cousin Jamal. Vous savez qu'il donnait de temps en temps un coup de main à son père, autrefois ? J'admirais cette façon qu'il avait de servir, très droit, jamais obséquieux, net... un vrai matador ! Cette prestance, ces yeux noirs... Cette violence à fleur de peau... Vous connaissez Jean Genet [2] le *Journal du voleur* ? Non ? Dommage... Écoutez ça : *Je nomme violence cette audace au repos amoureuse des périls. On la distingue dans un regard, une démarche, un sourire, et c'est en vous qu'elle produit les remous...* C'était bien la peine qu'il allât se faire empapahouter [3] chez vous, Genet, si vous l'avez déjà oublié ! Il s'est même fait enterrer dans votre bled, à Larache...

– Écoutez, Gluard, laissez-moi en placer une, tout de même. Je me fous de Genet, c'est à propos de Jamal que je viens vous voir.

– Je suis tout ouïe. Vous êtes en quelque sorte le *deus ex machina* [4] de cette histoire. Ou plutôt, le *deus ex fatima* !

– Jamal et Judith sont ensemble, c'est sérieux, foutez-leur la paix. Arrêtez de manipuler Abal-Khaïl.

– Manipuler ? Hmmm...

– Ils parlent de faire un môme.

Le journaliste sursauta.

1. *Cantharide* : coléoptère dont le corps, desséché et réduit en poudre, entre dans la composition du ras-el-hanout, mélange d'épices utilisé dans la cuisine marocaine. \ **2.** *Jean Genêt* (1910-1986) : écrivain et dramaturge français, connu aussi pour son militantisme pro-palestinien à la fin de sa vie. Genêt est enterré à Larache, au Maroc. Dans *Le Journal du voleur*, l'écrivain avoue notamment son homosexualité. \ **3.** *Empapahouter* : sodomiser. \ **4.** *Deus ex machina* : locution latine signifiant « dieu [qui sort] d'une machine ». Au théâtre, on appelle *deus ex machina* tout personnage qui, surgissant de façon impromptue à la fin de la pièce, en provoque le dénouement.

– La petite salope est enceinte ? Vous m'en direz tant ! Il sera quoi exactement, leur môme, avec des géniteurs pareils ? Arabe ? Juif ? Berbère ? Ou va-t-il falloir inventer une catégorie nouvelle, comme aux jeux Olympiques ?

– Mais on s'en fout, Gluard !

– Non, j'vais vous dire, coassa l'énergumène. J'vais vous dire ! Il aura l'œil berbère, la main juive et le foie arabe ! Ce qui le lui permettra de reluquer nos femmes, de piquer nos sous et de boire notre vin.

– Bous Vous êtes enragé. Il faudrait vous abattre.

– Des menaces, monsieur le cousin ?

– Un constat.

Il me jeta un regard inquiet. Après tout, c'était du sang barbare qui coulait dans mes veines sous le vernis occidental. Il tenta de m'amadouer

– Allons, allons, ne vous emportez pas. Moi, j'aime bien les Marocains. Saviez-vous que ChuchillChurchill voulait installer l'ONU au Maroc ? Si, si ! Vous me direz : il y avait ses habitudes, Marrakech, la Mamounia[1], et tout le toutim. Mais stratégiquement, c'était également bien vu : un pays du tiers-monde, comme on ne disait pas encore, à deux pas de l'Europe, avec une belle façade sur l'Atlantique, pour ne pas effaroucher nos amis ricains. Vous voyez qu'on ne vous déteste pas : vous avez failli avoir l'ONU ! Non, ceux qu'on ne peut pas blairer, ce sont vos voisins. Dites, ce sont des sauvages, les Algéroches !

– Vous en êtes encore là ? Algérie française ?

– On dit « Alchérie Vrançaise ». Vous ne le saviez pas ? Les putschistes qui s'étaient emparés d'Alger disposaient d'un régiment de la Légion qui comportait soixante pour cent

1. *La Mamounia* : célèbre hôtel situé à Marrakech. « Un des plus beaux endroits du monde », disait Churchill.

d'Allemands. Ils gueulaient : « Alchérie Vrançaise ! Alchérie Vrançaise ! »

Gluard s'étrangle de rire.

La tristesse me submerge.

Mais je n'ai pas le temps de sombrer : debout derrière le comptoir, Abal-Khaïl m'appelle, il agite une liasse de tickets-restaurant et de chèques. Je l'aide souvent à se dépatouiller de la comptabilité du restaurant, à laquelle il ne comprend goutte. Quand je reviens, Gluard est en train de lire les notes que j'ai laissées sur la banquette. Il maintient le carnet ouvert de la main gauche et louche dessus en enfournant d'énormes cuillerées de couscous.

– Dites donc, ne vous gênez pas.

– C'est quoi, ça ? Vous écrivez ? Et en français, en plus ? *Mazette... Un dimanche d'octobre, en fin de soirée... mmm... bla-bla-bla... Il arrive à la tombée de la nuit. Elle ouvre, pleine d'une joie enfantine...* Joie enfantine... Bonjour, les clichés ! C'est qui, ces deux tourtereaux d'Harlequin [1] ?

– Si vous tenez à le savoir, lui, c'est Jamal, elle, c'est Judith.

Là, Gluard est scié.

– Vous nous refaites le coup de Roméo et Juliette ? Dites, vous ne vous mouchez pas du coude. Cela dit, Shakespeare, c'est très surfait. Et entre nous, sa Juliette, c'est une vraie pétasse. Roméo, à côté, il ne fait pas le poids : c'est un benêt, un fada... Non, croyez-moi, c'est cette salope de Juliette qui porte la culotte, ou qui l'aurait portée si tous ces braves gens ne s'étaient pas massacrés les uns les autres. Car on est dans Shakespeare, hein ? Par conséquent : boucherie finale assurée, étripage tous azimuts, et que je t'embroche, et que je t'empoisonne, et que je te précipite du haut des remparts. J'en conclus, mon jeune ami, que vous l'avez dans l'os !

1. *Harlequin* : collection populaire de romans sentimentaux.

– Moi ?

– Oui, vous ! Car votre pompage indécent de Shakespeare ne fonctionnera pas. Votre Jamal, je le connais, c'est tout sauf un mollasson. Il a la torgnole conjugale dans les gènes, il ne fera qu'une bouchée de sa souris. Puisque vous tenez à faire dans le à-là-manière-de, prenez donc quelqu'un de chez vous. Il doit bien avoir des romanciers dans votre bled ? Tenez : *Les Mille et Une Nuits* ! Haroun Arachide, Sindbad le Marin, Shéhérazade[1], tout le bazar, quoi. En plus, ça vous permettra de placer quelques scènes bien cochonnes, la danse du ventre, le coup du vizir et des concubines, la brouette damascène, le violeur de Bagdad...

– *Les Mille et Une Nuits* ? Je vous signale que Jamal est aussi parisien que vous et que les Touati sont français depuis le décret Crémieux[2]. C'était tout de même en 1871, ça ne nous rajeunit pas.

– Crémieux mon cul. Il s'appelait Isaac Moïse, comme tout le monde. Cela dit, faites comme vous l'entendez. De Toute façon, votre truc ne marchera pas. La tragédie classique revue et corrigée à Barbès... Vous aurez beau faire, il y a des subtilités de la langue française qui vous échapperont toujours. Tenez, écoutez ça :

Que vouliez-vous qu'il fît contre trois ?

Qu'il mourût[3] *!*

Ça, mon petit bonhomme, il faut être français depuis au moins Clovis pour en apprécier tout le poignant, toute l'économie, toute la sombre beauté. *Qu'il mourût* ! C'est un père qui parle de son fils et...

---

1. Personnages des *Mille et Une Nuits*. *Haroun Arachide* : jeu de mot sur le nom Haroun al-Rachid, héros de nombreux contes des *Mille et Une Nuits*. \ **2.** *Le décret Crémieux* : le 24 octobre 1870, il donne la citoyenneté française aux 37 000 juifs d'Algérie. \ **3.** Vers célèbres tirés de *Horace* (1640), la pièce de Pierre Corneille.

– Oui, ça va, on connaît.

– Et ça, écoutez : *Tel qu'en lui-même enfin l'éternité le change*[1]... Ce n'est pas à Dakar qu'on me le goûtera comme il faut, celui-là, hein ?

– Au revoir, monsieur.

– Attendez ! Attendez ! Une dernière chose : Jamal et Judith, ils couchent ?

– Mais je n'en sais rien.

Gluard feignit l'étonnement. Il ouvrit grands ses yeux, laissa choir sa mâchoire.

– Comment ? Mais un *vrai* auteur sait ce que mangent ses personnages, ce qu'ils boivent, comment ils votent... Il connaît leurs pensées les plus intimes, il les a vus à l'œuvre dans les actes les plus divers. C'est comme les vrais peintres, les grands portraitistes : ils peignent leur sujet, fût-il la reine d'Angleterre, complètement nu, puis les habillent par couches successives. Qu'est-ce que vous me racontez là, que vous ne savez pas ? C'est de la pudeur mal placée. Si j'étais vous, je les filmerais en pleine besogne et je me repasserais la cassette jusqu'à tant que je n'ignore plus rien de leurs turpitudes. Alors seulement vous auriez le droit de les considérer comme vos personnages.

– Au revoir.

– Hé ! En plus, je vous rachète la cassette...

1. Premier vers du poème de Stéphane Mallarmé, *Le Tombeau d'Edgar Poe* (1877).

7
La confrontation

Quelques semaines plus tard, j'étais de passage à Paris. J'avais hâte de revoir mes personnages pour savoir où en était mon roman. Je tapai discrètement le code et Judith sortit du placard, où elle s'était réfugiée en entendant des pas dans l'escalier.

– Ah, c'est toi… Alors, il paraît que t'écris un bouquin sur nous ? C'est Gluard qui l'a dit à Jamal. Avoue !

– J'avoue.

– Montre !

Je tirai quelques feuilles de mon cartable.

– Ya que les deux premiers chapitres.

– Montre. Ça parle de quoi ?

– La rencontre, la première fois… Je suis très chronologique.

Jamal entra dans la chambre, de sa démarche caractéristique. Tout en lui semblait se balancer : les jambes, légèrement fléchies, les épaules, la tête. Il était voûté et ses avant-bras, par un effet d'optique, pendaient jusqu'à mi-cuisse.

– Qu'est-ce que vous êtes en train de faire ?

– J'oblige ton cousin à m'faire lire le *book* dont Gluard t'a parlé.

Ils s'installèrent sur le lit et lurent le chapitre que j'avais préparé.

*

– Putain c'que c'est beau, murmura Judith en écrasant une larme.

Jamal s'étouffait de rire.

– Mais ça s'est pas passé comme ça ! Qu'est-ce que c'est qu'ce film ? Promenades dans la forêt, soirée au théâtre ? Rien à voir, mon z'ami. Judith, j'lai draguée en boîte, hein, Judith ? Même qu'on était complètement shootés tous les deux, j'voyais que ses cheveux roux, et not'premier patin, c'était dans les chiottes, hein, Judith ? Même qu'après, j'ai dégueulé !

– Charmant.

– Très romantique, merci de me le rappeler, Jamal.

– Mais j'y peux rien, ça s'est passé comme ça, j'peux pas refaire.

– Eh bien, moi, je peux, dis-je.

– Ouais, dit Judith, je préfère encore la version de ton cousin.

– Si j'vous gêne, dites-le, j'peux m'barrer, grinça Jamal, et j'vous laisse écrire ma vie. Oubliez seulement pas ma Porsche et un appart'sur les quais.

Judith sautillait d'excitation.

– Qu'est-ce que tu fais de nous dans le deuxième chapitre,

– Je vous envoie à Venise. Une sorte de voyage de noces. C'est la tradition.

– Bidon, décréta Jamal. Qu'est-ce tu veux que j'aille foutre à Venise ?

– Fais voir, dit Judith.

*

– Putain, dit Jamal, jamais j'm'suis autant emmerdé que dans ta Venise. Tu peux pas plutôt nous envoyer à Disneyland ? En plus, ça nous coûtera moins. Et d'abord, qu'est-ce que ces noms bidon ?

– Comment ?

– J'm'appelle pas Jamal, dit Jamal.

– J'm'appelle pas Judith, dit Judith.

– C'est rien, c'est juste un truc qu'on appelle « licence poétique », je ne peux pas utiliser vos vrais noms, parce que, sérieusement, Abderrahmane et Céline, ça ressemble à quoi ? Jamal et Judith, c'est quand même mieux. À propos, l'amie, tes parents me sidèrent : des Juifs qui prénomment leur fille Céline, ils ont la mémoire courte ou alors ils n'ont jamais rien lu.

– J'trouve pas, dit Judith. J'aime bien Céline, comme prénom. Qu'est-ce t'as contre ?

Jamal se fit une tête de *lawyer*[1] américain comme on en voit à la télé.

– Et d'abord, tu as le droit de changer nos noms ? On serait à New York, on te ferait un procès. Un million de dollars.

– Ouais, pour cruauté mentale.

– Pour fraude.

– Pour mensonge.

Je mis un terme à leurs divagations.

– Calmez-vous, les tourtereaux, on n'est pas en Amérique.

Jamal revint à la charge.

– D'abord, tu commences ton bouquin par « Il téléphone ». Qui ça, il ? Qu'est-ce qu'il a fait avant de téléphoner ? Où il était ?

– Mais enfin il faut bien commencer quelque part ! Tous les romans ne peuvent pas commencer par le Déluge. Disons que je prends un événement fondamental et je pars de là.

– Fondamental, un coup de fil ? J'en passe trente-six chaque matin.

– Oui mais, là, c'est le début d'une histoire d'amour. C'est important.

Jamal haussa les épaules.

1. *Lawyer* : avocat.

– Tu veux savoir ce qui est important ? Et bien, c'est la fois où on est allés dans l'Atlas, toi et moi, pour voir Momo. Tu te souviens ? Les gendarmes, il y en avait un à chaque kilomètre ? Puis Momo lui-même, complètement naze, K-O debout, avec sa grosse dondon infecte et ses cages à oiseaux ? C'est là que j'ai compris que je n'avais rien à faire là-bas et que la vraie vie est ici. Tu vois, jusque-là je me disais : si ça va mal, il me restera toujours le Maroc. Mais là-bas, j'ai compris que c'était une illusion. Je joue le dos au mur, ici. Tu veux du fondamental ? s Commence par notre voyage dans l'Atlas. Oublie rien, le soleil, les gendarmes…

– Assez répétitif, ces histoires de gendarmes.

– M'en fous ! N'en oublie surtout aucun, que le lecteur il finisse par en avoir plein le cul autant que nous. Oublie pas celui qui a pissé sur mon passeport français.

– C'est son chien qui a pissé sur ton passeport.

– Oui, bon. Ensuite la visite à Momo, et surtout marque bien à quel point on a été déçus, qu'on l'a à peine reconnu, Momo, que c'est un zombie, maintenant.

Il reprit mon manuscrit pour raviver sa critique.

– Qu'en plus, à Venise tu nous fais dormir dans le lit de deux tantouzes !

– Quoi ?

– Ben oui, George et Alfred, tu vois, chuis pas raciste, mais…

– George Sand !

– Il a raison ton cousin, intervient Judith, George Sand, c'est une femme.

– Décidément, on parle beaucoup de George Sand, ces temps-ci. Gluard m'assurait l'autre jour qu'elle avait pratiquement inventé le couscous.

– C'est pas nous qu'on a inventé le couscous ?

– Nous qui ? T'es quoi, toi, d'abord ?

– Ben, chuis un rebeu, non ?

– Foutaises. Connais-tu l'histoire des Arabes ? Connais-tu

Imrul Qays ? Antar[1] ? Youssef ben Tachfine ? Connais-tu le sens des mots *Qawm, Watan, Oumma ?* T'es autant rebeu que moi hollandais. Quel genre de musique tu écoutes ? Disco, techno, rave, non ? Or le point commun entre un pingouin du Golfe, un dandy libanais ou un glandeur marocain, c'est Oum Kalsoum[2]...

– C'est qui, ça ?

– Le blasphème ! Il y aurait un vrai Arabe dans cette pièce, il t'égorgerait. Oum Kalsoum, c'est la Callas... C'était une cantatrice, une superstar ! Donc : un cheikh huileux, un Libanais de Neuilly ou un footballeur du Maghreb, ce qu'ils ont de commun, c'est de pouvoir écouter Oum Kalsoum en version originale. Or toi, tu ne parles pas arabe, donc tu n'es pas un Arabe. C'est mon point de vue, je ne bouge pas de là.

– T'as le don de compliquer les choses simples. Voilà que je ne sais même plus qui je suis. Je suis quand même musulman, non ?

– Ne me fais pas rire, tu ne survivrais pas un quart d'heure à Téhéran. Il n'y a qu'une chose qui te relie à l'Islam ou aux Arabes, c'est ton nom. Mais même ça, c'est du vent. Rien ne t'empêche de changer de nom, il y a une loi française faite exprès pour ça. Elle permettait aux réfugiés d'Europe de l'Est d'acquérir un nom bien français. Par exemple, Goldschmit pouvait devenir Lorfèvre, Rosenthal Rosanvallon[3], etc. Jamal Abal-Khaïl, ça pourrait devenir... disons, James Belkany.

Judith s'étrangle de rire. Je la regarde et soudain j'hallucine. La voici qui s'avance, douce, éthérée, les yeux au loin, et qui murmure d'une voix melliflue[4] d'adolescente véronaise :

1. *Imrul Qays, Antar* : poètes arabes pré-islamiques. \ 2. *Oum Kalsoum* (1904-1975) : grande chanteuse égyptienne. \ 3. Loi du 25 octobre 1972 autorisant la francisation du nom, à l'occasion de la naturalisation ou de la réintégration dans la nationalité française. \ 4. *Melliflue* : qui a la douceur du miel.

Qu'est-ce qu'un nom, après tout ? Ce qu'on appelle une rose
Exhalerait le même arôme sous un autre nom.
Ainsi Jamal, s'il ne s'appelait Jamal, perdrait-il pour autant
Cette perfection qui est la sienne et qui ne doit rien à son nom[1] *?*

Une bourrade me réveille. Judith glapit :

– Qu'est-ce t'as à m'regarder comme ça ? Tu veux ma photo ?

Elle se remet à rire en pensant à « James Balkany ». Son beau la trouve saumâtre.

– D'abord, Balkany, ça fait encore métèque.

– Jacques Martin ?

– Il y en a déjà des tonnes, de Jacques Martin, en France. En plus, du coup j'ai plus le contact avec mes racines.

MES RACINES ! Il y a des mots, des expressions, des tournures de phrases qui ont le don de me mettre hors de moi. Elles touchent une zone sensible, quelque part dans les lobes frontaux… Elles me rappellent à quel point nous sommes prisonniers de sons qui nous empoisonnent la vie alors qu'ils ne désignent rien, rien du tout.

– Racines ? Racines ? Mais c'est de la foutaise !

– Tiens, c'est bien la première fois que tu t'énerves.

– Cette histoire de racines ! C'est un Américain, un Noir, qui a lancé cette mode, dans les années soixante-dix. Il a écrit un gros pavé sur ses prétendues racines africaines. L'en a vendu cent millions d'exemplaires[2].

Moyennant quoi, s'est-il installé en Gambie ? Fume[3] ! Il est resté aux States…

1. Reprise approximative d'un passage du *Roméo et Juliette* de Shakespeare. \ **2.** *Roots* : roman composé en 1976 par l'écrivain afro-américain Alex Aley (1921-1992). Traduit en français sous le titre *Racines*. \ **3.** *Fume* : penses-tu ! (argot).

– Mais bordel, elles sont où mes racines ?

– Tu n'es pas un arbre, tu n'as pas de racines. Et même si t'en avais : t'es né où ?

– Paris.

– École élémentaire ?

– Alain-Fournier, au bout de la rue Léon-Frot.

– Collège ?

– Alexandre-Dumas.

– C'est qui, tes meilleurs copains ?

– David, Martial, Pedro…

– Alors, elles sont où, tes racines ?

– *Say no more.*

Jamal reprit mon manuscrit, en quête de revanche.

– Qu'est-ce que c'est que tous ces types qu'on rencontre dans les rues de ta Venise ? Regar', là : Cocteau, Diaghilev, Paul Morand, c'est des copains à toi ? Y a aussi un truc que j'pige pas. Pourquoi tu m'fais parler comme dans un *book* ? Raconte comme on est, comme on parle…

– Comment tu parles, personne ne te comprendrait au-delà de la rue de Charonne.

– Pourquoi t'écrirais pas ton bouquin en rap ?

– Mais j'y connais rien, moi, au rap.

– Putain, c'est pas sorcier ! Écoute, j'improvise :

J'mai fait j'ter du ba-hut
Alors j'traîne dans la rue
Pas mèche de trouver du bou-lot
J'vends des pin's dans l'métro
Mon dab'y'm'fout les je-tons
L'adab à Judith est un vieux con…

– Non mais, dis donc !

Mais moi j'veux qu'une chos-euh
Qu'on m'foute la pai-euh…

– Tu vends des pin's dans le métro, toi ?

– Licence poétique, m'fallait une rime, c'est toi qu'as dit qu'on peut. Tu vois, c'est pas difficile. Raconte ce qu'on fait vraiment. M'envoie pas à Venise, j'sais même pas où c'est, Venise, à part que c'est en Autriche. Et si on passe un jour à rien faire, ben dis-le carrément : ils ont passé toute la journée à rien foutre, au lieu d'dire qu'on est allés, j'sais pas moi, au bal de la comtesse de Paris.

– Mais ce n'est plus un roman, alors.

– Esplique.

– Par exemple, suppose que vous fassiez un môme, comment tu vas nourrir ta smalah [1] ? C'est là que je dois bien inventer un truc fabuleux, du genre « ils gagnèrent cent briques au Loto », ou « l'oncle Boussaka, que tout le monde avait oublié, revint de Bahreïn avec quelques lingots », pour vous sauver la mise.

– T'inquiète pas pour nous, j'ai un plan. J'vais monter une entreprise de taxis, et je serai plus riche que tu ne l'seras jamais avec tes maths à la con. M'faut juste emprunter six briques, non sept, plutôt quatre, mettons huit, pour acheter quelques taxis.

– Des taxis. Tu as le permis de conduire ?

– Pas besoin, j'vais pas les conduire moi-même, les tacots.

– C'est ça, ils vont se conduire eux-mêmes, par enchantement.

– Il est con, ce mec, ou quoi ? J'te dis qu'j'vais pas les conduire moi-même, les tacots, mais ça veut pas dire qu'ils vont s'conduire tout seuls. Rachid, Mamadou, Pedro, à quoi ils servent ? Et Kevin, dès qu'il s'ra sorti de taule ?

– Kevin. Parfait. Et les agréments ?

1. *Smalah* (ou *smala*) : famille ou suite nombreuse vivant aux côtés de quelqu'un.

– Les quoi ?

– Les agréments, les licences, l'autorisation d'exploiter tes taxis ?

– Ben non, mais ça doit pas êt'dur à s'procurer, non ? J'connais un mec à la préfecture, je lui ai cassé la gueule un soir qu'il pelotait Judith dans une boîte. Tu t'souviens, Judith ?

– Tu as une idée de la marge prévisionnelle, des profits... ?

– Oh l'argent, chuis pas chien : deux briques par mois pour mézigue [1] et c'est tout bon.

– Eh bien, rien ne s'oppose à ce qu'une banque t'accorde un prêt aux conditions usuelles. Tu prends la clé du coffre, tu te sers toi-même et n'oublies pas de refermer après toi.

Jamal me regarda, l'air incertain.

– Tu m'charries, là ?

– Mais bien sûr que j'me fous de toi ! Driiiing ! Réveille-toi, l'ami ! Aucune banque ne t'avancera jamais un sou, à moins que tu ne l'attaques au bazooka !

Il haussa les épaules.

– Tu vois, tu me prends encore pour un de tes personnages. Mais moi, j'ai pas besoin de toi. Je suis parfaitement capable d'écrire moi-même ma vie.

– Chiche !

1. *Mézigue* : moi, en argot.

8
Autobiographie de Jamal

Je suis né à Paris, à Baudelocque, y avait un virus, i z'ont vidé tout l'monde, sauf ma mère, qu'avait déjà commencé à m'avoir. À cause de ce virus, j'ai jamais été bon en maths, tu vois, c'est pas d'ma faute, t'es toujours là à m'chambrer comme quoi j'foutais rien en classe.

Montre en main, ça ne fait pas trente secondes que tu as commencé ton autobiographie, que c'est déjà une autojustification.

Ensuite, j'ai passé la moitié de ma vie dans le métro. J'me suis fait courser par les leurs…

Les quoi ?

Les leurs, les contrôleurs, quoi. Tu comprends pas l'français ? Donc : j'me suis fait courser par les leurs, quand c'était pas les keufs, après tu t'étonnes que les athlètes français y s'appellent Mimoun, Béhar ou Ezzhar, à force de courir dans les couloirs de la République ou de Montparnasse-Bienvenue… Tiens, à propos, pourquoi ça s'appelle Montparnasse-Bienvenue ? Bienvenue, où ça ?

Bienvenüe, avec deux petits points sur le u, c'est le nom du type qui a construit la première ligne du métro.

Je me disais aussi… Y a pas d'raison de souhaiter la bienvenue aux pèlerins qui débarquent à Montparnasse et pas à ceux d'Austerlitz ou d'la Gare de Lyon. Bon, où j'en étais… Ben, mon reup[1] y s'appelle Mohamed, avec un nom pareil il est pas suédois, mon reup, hein ? Quand j'étais minga[2], on s'entendait bien, y m'emmenait le dimanche aux puces de Montreuil, les marchands lui disaient « alors, v'là l'héritier ? » et il était bien content, mais maintenant on s'comprend plus. Si j'lui demande de m'prêter sa caisse, y m'regarde d'un air ahuri, comme si j'lui causais hongrois. J'vais t'dire, ça a commencé à déconner quand il a voulu que j'me mette à faire la prière. Moi, j'avais rien contre, ça mange pas de pain, et puis on sait jamais, p't-être que Dieu existe vraiment ? Mais j'voulais dire ma prière en français, genre « not'père qui êtes aux cieux ». Le vieux, y voulait rien entendre : la prière, qu'il disait, c'est en arabe qu'on la fait. Seulement moi et l'arabe, hein ! J'ai jamais pu l'apprendre. Mes parents passaient leur temps à s'engueuler en arabe quand j'étais môme, j'ai fini par me dire : dans cette langue, les mots, c'est comme des obus, ils servent qu'à se mitrailler, attaque, contre-attaque… Y a qu'en français que les mots ont un sens. Je reviens à la prière : en arabe, je sais à peine dire *naal dine mok*, alors le Coran, tu penses, c'est du chinois. Mais voilà que Tarik, un jour qu'il était de passage à Paris, il propose d'écrire la prière en céfran[3], spécialement pour moi. Y m'tend un bout de papier, sur lequel y avait ça :

Bismi llahi rrahmani rrahime. Al hamdou lillahi rabil aalamine. Arrahmani rrahime. Maliki yaoumi ddine. Yiaka na'boudou oua yiaka nasta'ine. Ihdina ssirata al-moustaquim. Sirata lladina an'amta aalaihime, ghaïril maghdoubi aalai hime oula ddaline. Amine[4].

1. *Reup* : père, en verlan. \ **2.** *Minga* : gamin, en verlan. \ **3.** *Céfran* : français, en verlan. \ **4.** Texte de la sourate *Al Fatiha*, qui ouvre le Coran.

Bon, moi, pas contrariant, j'apprends le truc par cœur et j'me mets à le réciter en me levant, m'agenouillant, essetera, je faisais qu'imiter le vieux. Mais au fond, j'voyais pas le début de la manœuvre. Je récitais tout ça mais y m'semblait qu'c'est pas valable si tu sais même pas ce que tu dis. La preuve : suppose que quand tu dis « bonjour » en français, ça veut dire en slave « j'ai tué Kennedy » : pour autant, t'as pas tué Kennedy, non ?

Non

Alors, moi, un jour, la prière, j'ai laissé tomber. Le vieux s'est foutu en rogne, il m'a menacé de me jeter dans la rue, il a engueulé ma mère… Rien à faire, j'ai tenu bon. Il a fini par hausser les épaules, mais depuis on n'est plus jamais allé ensemble aux puces de Montreuil, ni nulle part d'ailleurs. On se croise à la maison, ma parole les murs sont noirs de crasse à force qu'on les frôle pour pas se toucher… On bouffe ensemble en r'gardant la télé, mais ça va pas plus loin. J'le mate parfois du coin de l'œil et j'me mets à gamberger. Au fond, qu'est-ce ça veut dire, qu'il est mon père ? Un type balance sa purée, comme ça, sans penser à rien, un soir d'hiver. Neuf mois plus tard, je débarque. Mais j'ai rien demandé, moi ! J'suis qu'une balle perdue ! Je crois que c'est lui qui devrait s'excuser chaque jour de m'avoir mis au monde, c'est quand même pas la joie, la vie, chaque jour qu'Allah fait, hein ? Y m'disent : *le respect qui lui est dû*. J'y ai jamais rien emprunté, à c't'homme, moi.

Mon père m'a-t-il jamais donné un conseil valable ? Pas un. Je vois le père à David, comment il lui planifie sa carrière, David il peut fermer les yeux, il sait où il va. Moi, je vais droit dans le mur et mon dab il dit rien : il voit seulement pas le mur. Une fois, une seule, il a parlé. Il a dit : mon fils, il sera pas aviateur. Texto. Il me coupe la voie des airs, sans la moindre explication. Merci papa, je suis bien avancé. Je les vois, au Maroc, ils sont tous à quasiment embrasser la main de leur daron[1]. Puis ils s'empressent de faire des mômes, qu'on leur embrasse la main à eux, chacun son tour. Et à propos de faire des mômes, c'est lapinage obligatoire, dis donc, ça grouille de lardons, là-bas, où ça va tout ça…

On s'égare, on s'égare…

J'reviens à David. Lui, il a qu'à regarder son père, il sait ce qu'il veut être plus tard. T'as déjà vu le dab à Dav'? M'sieur Abitbol, les fringues, la bagnole, à l'aise avec tout l'monde, ma parole, c'est le roi de la rue de Charonne. Il monte des affaires, il voyage… Je regarde mon reup : son grand voyage, c'est d'aller à Barbès acheter des merguez. Et t'as vu comment il se sape ? T'as vu ses chemises ? Il pourrait porter une serpillière, on verrait pas la différence. Il met du jaune, du rouge, une cravate orange, les oiseaux s'envolent quand il traverse le square. Si je suis comme lui quand j'aurai cinquante balais, je me fous à la Seine, et t'avise pas de me repêcher, j'te casse la gueule.

Est-ce que tu as peur de ton père ? Je te demande ça parce que je me souviens d'un écrivain, son père lui avait demandé brusquement : « Pourquoi tu as peur de moi ? » Le mec, il ne sait pas quoi dire, il reste bouche bée. Dans l'escalier, il sort son calepin et note ce qu'il aurait voulu dire et qu'il n'a pas pu. Première raison : il avait peur, justement[2]*…*

Tu m'envahis, là.

Excuse.

1. *Daron* : père, en argot. \ 2. Allusion à la fameuse *Lettre au père*, de Franz Kafka (écrite en 1919).

Pour répondre à ta question : non, j'ai pas peur de lui. Au fond, c'est pas un méchant homme, mon dab. Avec le temps, je vais peut-être finir par comprendre ce qui le fait vivre. Faudra creuser. C'est pas facile de savoir ce qu'il y a là-dessous. Mais j'ai pas peur de lui ; en tout cas, plus maintenant. Quand j'étais petit, il lui arrivait de me foutre la haine… Par exemple, à l'école, j'avais un copain qui s'appelait Lévy. C'était un petit rouquin, un marrant, il jouait à l'acteur, il imitait le maître… À la maison, un jour, je parle de Lévy. Mon père le connaissait seulement pas, mais ça ne l'a pas empêché de m'allumer comme quoi « qui fréquente les chiens hérite de leurs puces » ou quelque chose dans le genre. Ça m'a tellement marqué – j'étais qu'un môme – je l'ai écrit dans mon cahier de classe : *Quand je serai grand, rappeler à Papa qu'il a insulté mon copain Lévy.* Maintenant, je suis grand, on se parle même plus, qu'est-ce tu veux que je lui rappelle ? J'ai jeté mon cahier de classe.

De toute façon, il y a prescription.

Quoi ?

Ben, un crime ou un délit, au bout d'un moment, disons vingt ans pour un crime, ça ne compte plus. Même si tu l'avoues, il ne t'arrive rien. On a passé l'éponge. Ça s'appelle prescription.

Ouais, ben moi j'ai jamais oublié.

Marrant. Tu braques une banque, tu butes un pèlerin : il y a prescription, quand le printemps arrive. Mais ton père t'engueule à propos de Lévy, il n'y aura jamais prescription. On a bien raison de dire que les enfants sont cruels.

Ben, ça reste en toi, toutes ces années qu'tu peux pas répondre… Ça finit par pourrir. Moi, quand j'étais môme, mon père ne parlait pas, il gueulait. Il supportait pas la contradiction. En fait, il ne comprenait pas la contradiction. En plus, on sait jamais c'qu'il pense. Une fois, une seule… Ma mère était très malade. Lui, il faisait la gueule, comme d'habitude ; mais à un moment j'lai regardé et j'ai cru voir – une seconde, pas plus – une sorte de pitié dans ses yeux, de la pitié pour moi, pour lui, pour ma mère, je ne sais pas. Une seconde, et c'était fini : de nouveau le masque, kif[1] les Chinois !

Et ta mère

De quoi ?

Ta mère, tu n'as pas encore parlé d'elle.

Qu'est-ce tu veux que je dise ? Elle me fait de la peine, parfois. Et parfois encore, je me dis : elle avait qu'à pas se mettre dans une mouise pareille. Elle avait qu'à serrer les jambes. Je voyais Martial, il pleurait juste pour que sa mère elle le console, tellement c'était bon. Tu connais Madame Lautier ? Des nichons comme ça, dis, la graisse bien chaude et bien molle, que tu oublies ta tête dedans. Ma mère, quand je pleurais, elle me foutait une baffe en gueulant : « Pourquoi ti pleures ? »

Depuis que mon père et moi on se parle plus, ma mère elle sert qu'à me donner de la tune quand j'ai besoin de m'acheter des fringues.

Et d'abord, ma mère elle existe ? Un jour, je suis allé au consulat du Maroc chercher un papier, j'ai regardé dans le livret

1. *Kif (kif-kif)* : comme.

de famille. Sur la page de gauche, il y avait plein de détails sur mon reup, comment qu'il s'appelle et d'où il sort, sa tribu… Sur ma mère : rien, que dalle, *niente* !

À t'entendre, on croirait que tes parents n'ont jamais rien fait pour toi.

Ils m'ont coupé le zizi quand j'étais môme.

N'exagérons rien, la circoncision, c'est juste le prépuce…

Hé ! C'est *mon* prépuce, tu permets ? Ils me l'ont jamais rendu. D'ailleurs, maintenant que j'y pense, il est où, mon pucepré ? Va falloir lancer un avis de recherche ?

Ils auraient dû en faire quoi, de ton prépuce ? Une pendule ?

J'sais pas, moi. Ils auraient pu le mettre dans une boîte d'allumettes ou une coquille d'escargot et me le rendre à ma majorité. Je l'aurais fait recoudre. Alors que là, j'suis mutilé à vie. Tiens, dans le tromé [1], je vais commencer à réclamer une place assise, moi. L'invalide de la rue de Charonne ! Ils m'ont coupé comme un chat, ils m'ont seulement pas expliqué à quoi ça sert.

Écoute, ce n'est plus une autobiographie… Avance un peu, quoi. Par exemple, comment tu vois l'avenir ?

L'avenir, c'est pas encore passé, qu'est-ce ca viendrait foutre dans mon autobiographie ? Mais puisque tu poses la question :

1. *Tromé* : métro, en verlan.

je ne sais qu'une chose, c'est qu'un jour je serai riche. Et alors j'irai en Amérique avec Judith. Et maintenant, j'me barre, je vais donner un coup de main à Martial au marché d'Aligre. C'est pas tes salades qui vont me nourrir.

(Chapitre clandestin)

Pour rétablir une vérité

J'ai respecté à la lettre le contrat : j'ai laissé Jamal écrire son autobiographie. Mais je tiens à ajouter ceci : l'immense querelle qui surgit entre lui et son père et qui finit par les séparer aussi sûrement qu'un détroit isole des terres où l'on parle des langues distinctes, cette dispute confuse faite de rancœurs inexprimées fut d'abord une blessure d'amour mal guérie. Abal-Khaïl aimait son fils, et il ne savait pas le dire. Il avait peur pour lui, dans ce pays qu'il comprenait si peu. J'ai cherché à traquer chez le fils le sentiment de culpabilité. Peine perdue, c'est le père qui se sent coupable. C'est à cause de lui que Jamal grandit dans ce pays de mécréants[1]. Il aurait voulu le protéger contre les dangers, les tentations, les chausse-trapes[2]. La première cigarette de Jamal fut un drame car le père voyait une pente où la première Marlboro mène au premier joint qui mène à la première seringue…

Qu'avait rêvé Abal-Khaïl pour son fils ? Un polytechnicien voit ses rejetons en bicorne[3], un fonctionnaire les voir servir l'État ou La Poste, mais un émigré ? Tout d'abord, il les voit traverser la grande mare[4] en sens inverse, revenir chez eux pleins d'usage et raison et surtout pleins aux as. Le vendredi, ils mettront leur

1. *Mécréants* : qui ne professent pas la foi proclamée comme la seule véritable. Par extension, sans religion, incroyants. \ 2. *Chausse-trapes* : pièges. \ 3. *Bicorne* : chapeau à deux pointes porté par les polytechniciens. \ 4. *La grande mare* : il s'agit de la Méditerranée.

plus belle djellaba et iront à la prière collective, avant de s'attabler devant un couscous préparé par les femmes. Puis, un jour, le père se rend compte qu'ils n'en feront rien, même si la djellaba était signée Nike ou Reebok. Ils sont ici, ils ne bougeront plus. Or la seule stratégie qu'il connaisse, lui, la seule expérience qu'il puisse transmettre, c'est celle qui consiste à se débrouiller un passeport et à foutre le camp dare-dare pour gagner sa croûte ailleurs. Mais quel ailleurs imaginer, quand on est déjà en France ? Y a-t-il quelque chose au nord du périphérique ? Du coup, le père reste coi [1], les bras ballants, comme un coureur de relais qui aurait perdu le témoin. Cet amour que sous d'autres cieux il aurait exprimé par des conseils, des proverbes, mille sentences pleines de sagesse, lui reste en travers de la gorge. Alors il va au Franprix et il achète, il achète rageusement, sans rime ni raison, il achète avec amour… Il surcharge le caddie et revient, encombré de pizzas, fruits exotiques, pains de campagne, petits-suisses, un festival de couleurs chaudes et d'odeurs gelées. Et c'est la cérémonie du bourrage de réfrigérateur par le pater familias [2].

Un frigidaire toujours plein. Voilà une expression qu'Abal-Khaïl ressasse à longueur d'amertume, avec une sorte de sanglot sourd dans la voix. Ces jeunes, ses enfants, savent-ils qu'ailleurs – à des années-lumière ? non, à deux heures d'avion, nous promet la publicité, qui parle d'autre chose –, savent-ils qu'ailleurs des hommes se lèvent chaque matin sans savoir ce qu'ils vont manger ce jour, sans savoir *si* ils vont manger ? C'est pourtant dans cette précarité désespérante qu'Abal-Khaïl a grandi avant de faire le grand saut vers le nord. Le froid, le travail abrutissant, cette machine aux angles coupants qui m'a mutilé à vie… Ce qui console de ces avanies, c'est *un frigidaire toujours plein*. Mais les enfants ne le voient pas, ils l'ouvrent, désinvoltes, y raflent un fruit ou un yoghourt, referment en pensant à autre chose, en

1. *Coi* : tranquille et silencieux. \ **2.** *Pater familias* : expression latine désignant le père de famille.

fredonnant un air à la mode. Cette abondance leur est due. Mais de ce Paradis ils ne voient qu'une chose : il y manque les nymphes, on leur interdit d'y amener des filles. Ils veulent voir danser les houris, s'impatientent, quelle misère est la nôtre…

(Lorsque j'explique tout ça à Jamal, il explose.

– Mais qu'est-ce qu'il veut que je fasse ? Que j'aille fouiller les poubelles ? Que je bouffe des chats crevés ? Il me dit qu'à douze ans déjà il gardait les troupeaux de chèvres, il aidait aux champs, etc. Mais travailler à douze ans, à Paris ? D'abord, c'est illégal ! Ensuite, où il voit des troupeaux de chèvres ? Il veut qu'j'aille garder les singes au zoo de Vincennes ? Et quels champs je vais labourer ? C'est tout juste si Martial et moi on trouve le temps de faire pousser quelques plants de cannabis dans le jardin de sa grand-mère à Malakoff. Mais ça, c'est pas le genre de truc dont on se vante plus tard devant ses fils. Je te le dis qu'à toi, tu le répètes pas. Il a eu l'enfance dure, c'est trop facile, tout le monde peut pas avoir cette chance.)

Il a travaillé dur tout sa vie. Pourquoi ? Pour ses enfants. Gratitude ? Non, on sait ce que c'est, la gratitude des enfants. Mais au moins quelque respect. Or ce fils l'a tué debout en décidant, un jour, de l'ignorer, tout simplement. Il change parfois de trottoir pour que ses amis ne le voient pas avec ce *migri* [1] qui est son père. Du coin de l'œil, Abal-Khaïl se rend compte du manège, c'est une écharde qui s'enfonce dans son cœur. Cette ville lui aura tout pris.

(– C'est sa faute ! Il désapprouve tous ceux que je fréquente ! Mamadou est trop Noir, David trop Juif, Kamel trop Arabe, Martial trop Français. Qu'est-ce qui m'reste ? Il reste que lui.)

1. *Migri* : émigré.

J'ai raison parce que je suis le père. Jamal, c'est moi qui l'ai fait, comment peut-il penser *contre* moi ? Dans ce maudit pays, cette Sodome [1] où le sort m'a jeté, les gens veulent avoir raison par la force des mots. On voit des gamins, à peine un duvet au menton, raisonner, argumenter et finalement réduire leur père au silence – mais je ne marche pas ! Si les pères se taisent, tout fout le camp ! Les films porno, les filles toutes nues dans la rue, la drogue… c'est que dans ce pays les pères se taisent.

Dans l'Islam on aurait pu se retrouver. Prier ensemble tournés vers la même direction…

– On n'aura pas d'enfants, nous, soupirent Jamal et Judith, si c'est pour en arriver là. Ou alors on ira en Amérique pour les élever.

1. *Sodome* : ville biblique célèbre pour ses mœurs dépravées, que Dieu châtie en la réduisant à néant par le « soufre et le feu ». Par extension, *cette Sodome* symbolise la corruption et l'impiété.

9

L'amour

Un jour, en sortant du restaurant, je tombai sur Gluard qui était en train de régler la course de son taxi.

– Vous en êtes où, de votre mélo ?

– Ça avance, éludai-je.

– Dites plutôt que ça patine. Je vous l'ai dit : votre truc, ça ne marchera pas. J'y pensais encore l'autre jour… J'étais au bureau de poste de la rue du Louvre. Il y avait un, comment dit-on ? un *travailleur immigré* (immigré oui, travailleur mes fesses) avec sa fatima, trois pas réglementaires derrière lui. Ça veut dire quoi, l'amour, chez ces zigotos ? L'amour, après tout, c'est nous qui l'avons inventé, non ? Tristan et Yseult, l'autre abbé qui se fait bouffer les testicules par une chèvre à Saint-Germain-des-Prés…

– Abélard [1] ?

– Tout juste. Maintenant dites-moi, votre Jamal – permettez que je rigole – il a quoi dans les gènes ? Rien de plus que le rut d'*homo sapiens erectus*, c'est le cas de le dire, ha ! ha ! ha ! Un rut pas poli le moindre par dix siècles d'amour courtois, parce que, holà ! Ce n'est pas dans le Haut-Atlas qu'on chante la complainte

1. *Pierre Abélard* (1079-1142) : philosophe et théologien français, connu aussi pour sa liaison tragique avec Héloïse, son élève, qu'il épousa et dont il eut un fils. Abélard fut émasculé sur les ordres du chanoine Fulbert, oncle d'Héloïse, car l'époux avait voulu garder son mariage secret.

d'Abélard, non ? L'amour, il est né chez nous, au XIIe siècle, dans le Languedoc et en Aquitaine. La première amoureuse, c'était la belle Aude, elle ne s'appelait pas Aïcha. Les troubadours, mon petit bonhomme, les troubadours[1] !

– Vous croyez à la génération spontanée ? Tout cela est venu d'Andalousie, vous le savez bien ; et en remontant plus loin, de la cour de Bagdad.

– Foutaises.

– Le premier théoricien de l'amour pur s'appelait Ibn Daout, il vivait au IXe siècle…

– Vous me faites suer avec vos cuistreries[2]. Les troubadours chantaient l'amour de la femme. Vos Abou Truc et Ibn Machin, je les soupçonne de lorgner plutôt l'éphèbe[3].

Je haussai les épaules et abandonnai Gluard à son délire. À tout autre que cet homme suintant la mauvaise foi, j'aurais pu citer, pour réfuter son discours des origines, ce poème de l'âge d'or andalou[4], qui mêle de façon inouïe trois langues – et probablement trois religions – pour dire l'amour :

Ven, sidi, ven
Gar, si yes devina,
y devinas bi'l haqq,
Gar me cand me vernad
men habibi Ishaq

1. *Troubadours* : aux XIIe et XIIIe siècles, poètes lyriques qui chantaient l'amour courtois, célébrant et idéalisant la femme. \ **2.** *Cuistreries* : pédanteries, affirmations prétentieuses. \ **3.** *Éphèbe* : dans l'Antiquité grecque, jeune garçon arrivé à l'âge de la puberté. Allusion, ici, à l'homosexualité supposée des auteurs arabes évoqués par le narrateur. \ **4.** *Âge d'or andalou* : du VIIIe au XVe siècle, l'Andalousie espagnole a été une terre musulmane. On parle d'un âge d'or, car elle connut alors une brillante civilisation marquée par la coexistence pacifique entre judaïsme, christianisme et islam.

{Viens, seigneur, viens/Dis, si vraiment tu es devin/Dis-moi quand mon aimé Ishaq/Me reviendra.}

Mais je ne pouvais m'empêcher d'admettre que Gluard avait touché, sans s'en rendre compte, un point sensible, une question de définition que jusque-là je n'avais tout simplement pas vue.

Je descendis jusqu'à la Seine et suivis la rive gauche, sans but précis. J'allai m'asseoir sur une passerelle du Pont des Arts. Les deux tours de Notre-Dame se détachaient à l'horizon, ainsi que la flèche de la Sainte-Chapelle : amour divin. La passerelle était consacrée à l'amour profane : des amoureux se bécotaient sur les bancs publics. Je me souvins alors d'une miniature représentant au premier plan El-Hallaj, crucifié pour avoir osé *aimer* Dieu, au risque de nier la transcendance, et à l'arrière-plan Majnoun et Laïla[1], assis l'un auprès de l'autre, elle souriant, jocondesque anachronique, lui enturbanné, barbu, fou très sagement, offrant à la belle une coupe de nectar ou d'ambroisie. Et je me dis que tout cela était d'un augure inquiétant : on crucifie, on se damne, on bascule dans la démence pour ce sentiment que j'avais supposé si simple, au point que nulle définition n'était requise. Mais Gluard m'avait demandé, en quelque sorte, mes *papiers*. Je pouvais ignorer l'injonction, mais je ne pouvais plus innocemment continuer de prendre un mot pour un autre, ou de supposer des correspondances qui n'existent en fait que dans mon cerveau et qui ne mènent à nulle autre station que celle que contiennent ses limites.

Il me faut donc répondre à deux questions, avant d'aller plus loin :

a) Ce qu'il y a entre Jamal et Judith, est-ce de l'amour ?

b) À propos, et avant toute chose, qu'est-ce que l'amour ?

1. *Mansur El Hallaj* (vers 857-922) : poète et mystique perse, supplicié à Bagdad pour avoir proclamé : « Je suis la Vérité », affirmation considérée comme une hérésie. L'histoire de *Majnoun et Laïla* est un classique de la poésie arabe, qui chante l'amour absolu de Qaïs pour sa belle, passion interdite qui le rendit fou (*majnoun* signifie « le fou »). Voir document B, p. 179.

Voilà bien des choses qu'on ne nous apprend pas. Par exemple, on n'en parle pas, en famille. On appelle ça *hchouma*, la pudeur. Nous ne sommes pas une civilisation du péché, nous laissons cela aux chrétiens, mais nous compensons par la pudeur, la honte, le refus de nommer.

À supposer que pour répondre à la première question, je m'avise de la poser sans détour à Jamal, il se rebifferait sec.

– De quoi j'me mêle ? J'te demande, moi, ce que tu traficotes tout le temps, qu'à propos on n'a jamais rien compris à tes micmacs et tes voyages ? J'te demande comment ça se fait qu'on ne voit jamais une meuf pendue à ton bras, que tu ne serais pas de la jaquette flottante[1], par hasard ? etc.

1. Pour ce qui est de la seconde question, Platon est évidemment hors jeu. Chaque moitié de l'Un originel cherchant l'autre moitié[2]… Mais dans le pays d'Abal-Khaïl (et Gluard a raison, ce sont les gènes d'Abal-Khaïl qui constituent Jamal) chaque homme peut épouser jusqu'à quatre victimes[3] ; on obtient donc une moitié plus quatre moitiés égale deux virgule cinq moitiés. Ça fait un désordre. C'est le miracle de la multiplication de l'Un originel par la seule vertu d'un petit couplet récité devant l'*adoul*[4]. Disons alors douze virgule cinq pour cent pour chaque femme et on retombe sur Un. Mais qu'en est-il de l'impécunieux[5] qui ne peut acheter qu'une seule femme ? Voilà un homme réduit, même après avoir convolé en injustes noces, à n'obtenir que soixante-deux virgule cinq pour cent d'un être complet. On comprend

1. *Jaquette flottante* : allusion à l'homosexualité. \ **2.** Allusion au mythe de l'androgyne, être originel à la fois homme et femme, exposé par Platon dans *Le Banquet* (IVe siècle av. J.-C.). Les deux parties de l'androgyne ayant été séparées, depuis, chaque moitié cherche à retrouver l'autre. \ **3.** Le Coran permet à tout musulman d'avoir quatre femmes. \ **4.** *Adoul* : dans la tradition islamique, l'adoul est une sorte de notaire qui peut authentifier tous types de contrats. En pratique, il fait souvent office de marieur ou prononce les divorces. \ **5.** *Impécunieux* : qui n'a pas d'argent.

pourquoi, au moindre accroc, il tombe sur son douze virgule cinq à bras raccourcis. Oublions Platon.

Mais on ne peut oublier l'amour. Après tout, c'est bien le manque d'amour qui dans nos contrées jette à la rue des hirsutes, la bave aux lèvres, prêts à étriper, énucléer, émasculer [1], pour un oui, pour un non, pour un peut-être.

La plus frugale des existences – disons celle du bédouin dans le désert – devient extraordinairement riche et dense dès lors qu'elle rencontre l'amour. Ah ! Vaste, trop vaste sujet... l'Université désapprouve, les maniaques de la monographie minimale secouent la tête.

Pourtant...

Deux pigeons s'aimaient d'amour tendre [2]

Une seconde, monsieur l'illusionniste ! Qu'on nous apporte, séance tenante, lesdits pigeons, et qu'ils s'expliquent. S'aimaient d'amour tendre... C'est vite dit.

2. Alors, quoi ? La peur de la liberté, le souci d'être serf ? *Est-il chaînes de par le monde/C'est esclave que je veux être* [3]. L'amour, machine à produire de l'histoire nécessaire, de l'enchaînement de gestes ? En temps normal, chaque matin qui se lève est pour Jamal une très mauvaise nouvelle. Pas d'école, pas de lycée, pas de travail : la cause est entendue. Mais que fabriquer de cette satanée trouée de lumière entre deux oublis nocturnes ? Eh bien, ceci : faire le petit déjeuner de Judith, l'accompagner jusqu'au métro, prendre rendez-vous pour le soir, promettre d'aller chercher tel vêtement au pressing. Le samedi, sortir en bande, chercher un coin d'intimité à l'écart d'une piste de danse. Penser-à-Judith, penser-pour-Judith... Amour ?

1. *Émasculer* : castrer. \ **2.** Premier vers de la fable de La Fontaine, *Les Deux Pigeons*. \ **3.** Citation extraite de *Ainsi parlait Zarathoustra* (1883-1885), du philosophe allemand Nietzsche (1844-1900).

3. Nous tombons amoureux, c'est une autre théorie, de celui ou celle qui, vu(e) de l'extérieur, nous semble tellement entier, intact physiquement et émotionnellement, à nous qui sommes si dispersés et confus… Mmmm, c'est d'un usage possible, mais je n'arrive pas à me décider. Qui des deux est entier, Jamal ou Judith ? Les deux me semblent aussi fêlés l'un que l'autre, fêlés au sens de ce fameux vase où meurt une verveine : *n'y touchez pas/il est brisé*[1].

4. Toute grande passion naît de la transgression d'un interdit, voilà qui pourrait répondre à la question a) mais qui ne répond en rien à b) ; il faudrait pour cela distendre le sens du mot « passion » jusqu'à englober le moindre gazouillis, car jamais je ne connus amour plus obstinément paisible que celui dont j'entreprends vainement de dresser la carte ici.

5. Il y a, dit-on, deux traditions bien distinctes, celle de l'harmonie des contraires qui obtient que la mer et la terre tiennent ensemble sans s'envahir l'une l'autre ; puis, il y a la tradition courtoise, l'amour irrationnel, contraire à l'ordre social. Voilà une démarcation utile, et pourtant, même avec le renfort de l'Université, je reste court. Harmonie des contraires ? Certes. Subversion de l'ordre social ? Bien sûr. Les deux font l'affaire, on n'avance pas.

6. Amour, identité. Jamal assuré d'être… d'être quoi ? Jamal est au moins Jamal dans le regard de Judith – et vice versa. D'autres oublient son nom, ou ne l'ont jamais su. Il est l'Arabe du huitième étage, ou bien ce jeune homme en blouson de cuir noir qui vient d'entrer dans la boutique et que la vendeuse suit d'un œil inquiet. Par ailleurs c'est le fils tel qu'on l'imagine autre

1. Vers extrait du poème *Le Vase brisé*, de Sully-Prudhomme (1839-1907).

(pour son père), ou *mon fils* (pour Mina – mais que sait-elle de ses désirs ?). Fragments d'une identité labile[1], tout cela se ramasse dans ces yeux verts légèrement étonnés sur champ de rousseur, tout cela se cristallise dans la façon qu'a Judith de prononcer son nom : Ja-maaal, comme si elle modulait un mélisme[2] sur le -mal.

Mais aussi bien l'amitié, l'amitié que Pedro ou Kevin lui portent, par exemple, joue ce rôle de fixateur ; et si le sentiment de l'une vaut plus, peut-être, que celui des deux autres, nous n'en sommes pas nécessairement à l'amour.

Recommençons – par le commencement.

Il me semble qu'on ne puisse aimer que surpris – ce qui, déjà, engourdit l'entendement chez le plus pointilleux tétrapyloctome[3]. Voilà soudain que les mots se brouillent, ils voltigent dans une sarabande quantique, on croit en saisir un, son collapsus ne laisse qu'un goût de gris.

Attachement, affection, amour, amour-passion... Manque la moitié du spectre. *Haine, antipathie, indifférence, attachement, affection, amour, amour-passion...*

Soudain, un terrible découragement chargé de voyelles et de mots s'abat sur moi, dru à l'exacte mesure de l'ambition démesurée d'une telle quête : on peut diluer à l'infini cette échelle des sentiments – et ce ne sont encore que des mots !

Pensons en musique, alors. Musique douce, musique violente, elle seule *permet les enchaînements d'accords*, c'est soit l'extase des nuits d'amour – surtout, pas de définition : les sons suffisent –, soit l'harmonie de l'automne des couples heureux.

Pensons en couleurs – il y a celles qu'on nomme chaudes, ne serait-ce pas là une issue possible –, le monde n'est-il pas

1. *Labile* : sujette au changement, fluctuante. \ 2. *Mélisme* : technique musicale consistant à chanter une même syllabe sur plusieurs notes successives. \ 3. *Tétrapyloctome* : qui coupe les cheveux en quatre.

naturellement froid sans l'amour, ce phlogiston[1] qui n'épargne rien ni personne ? jaune incandescent, rouge glorieux, l'esprit s'égare, la vie s'envole, l'éclair fouette, l'amour fou est une folie de couleurs.

J'entends Gluard ricaner :

– Faites-vous peintre, alors, n'encombrez pas nos bibliothèques.

Mes mains sont liées, il me manque un mot et c'est le seul qui compte. Tout à coup, cette passerelle du Pont des Arts me semble lancée entre des rives impossibles. On prétend écrire une histoire d'amour, *on ne sait pas de quoi on parle, ni si ce qu'on dit est vrai*.

Je me remis en marche. Toutes ces considérations n'avaient abouti à rien. En descendant l'escalier du métro, j'entendis à nouveau la voix de Gluard :

– Vous ne l'écrirez jamais, votre harlequinade[2].

Et encore, paraphrasant l'ascète de Cambridge :

– *Ce dont on ne peut parler, il faut le taire*[3].

1. *Phlogiston* : feu (du grec *phlogistos*, « inflammable »). \ **2.** Voir ci-dessus, note 1, p. 74. \ **3.** Citation extraite du *Tractatus logico-philosophicus* (1918), du philosophe autrichien Ludwig Wittgenstein (1889-1951).

10

Magie noire

– À ton avis, c'est qui, le mieux ?

La mère de Jamal me tend deux cartes de visite, l'une verte, l'autre bleue. La première annonce :

☺ ☻ Monsieur Joseph ? ☻ ☺
de retour d'Afrique
– GRAND VOYANT MÉDIUM –
MONDIALEMENT CONNU

résout tous vos problèmes. Si vous voulez vous faire aimer ou si votre partenaire est parti(e) avec quelqu'un : c'est son domaine ! Vous serez aimé(e) et votre partenaire revient. Monsieur Joseph crée entre vous l'entente cordiale sur la base de l'amourre[1]. Il (elle) court derrière toi comme le chien derrière son maître. MARIAGE, CHANCE, SUCCÈS. Désenvoûtement et réussite aux examens. Protection assurée contre l'Ennemi. TRAVAIL SÉRIEUX, EFFICACE ET RAPIDE. Résultat sous garantie, réussit là où tous les autres ont échoué. Aussi par correspondance.

Reçoit tous les jours de 9 h à 20 h au…, rue Marcadet 75018 Paris 3e étage. Métro Marcadet-Poissonniers.

1. *Amourre* : il faudrait, bien sûr, écrire *amour*.

La seconde carte de visite est celle de monsieur le Professeur Ababacar Samb, ainsi présenté :

☞ Professeur Ababacar Samb ☜
✪ *de passage à Paris après ses succès* ✪
à Dakar, Douala, Milan et Tokio

Il réussit où les autres non. Retour d'affection, chance au jeu, supprime l'adversaire. On le consulte, on y revient. Facilités de paiement. Ta femme t'a quitté, pas de problèmes. A REÇU LA SCIENCE ENSESTRALE [1]. Écarte les jaloux et pratique le désenvoûtement, une seule séance suffit. Tous les jours de 8 h à 20 h, même le dimanche…, rue des Martyrs, 2e étage. Métro Pigalle.

– Alors ?

J'ai depuis longtemps renoncé à convaincre mes compatriotes – les crédules parmi eux, j'entends – que tout ça, l'astrologie, les voyants et les nécromants [2], la boule de cristal et Mélusine, c'est de la foutaise. La plupart y croient, dur comme fer… ouvriers ou ministres, fonctionnaires ou plantons… Il y en a qui font cuire la cervelle de l'hyène avec les œufs de la vipère, de temps en temps on retrouve une hyène décapitée dans un zoo de France ou de Belgique… Pour rien au monde ils ne verseraient de l'eau brûlante dans l'évier. Grands dieux, non ! On pourrait ébouillanter un djinn mal embouché et l'avoir sur le dos jusqu'à la consommation des siècles. Passer sous une échelle, macache… J'ai renoncé le jour où je me suis aperçu que plus au nord – *ce nord de la raison* – quasiment à l'enseigne de Descartes et Cie,

1. *Ensestrale* : ancestrale. \ **2.** *Nécromants* : magiciens qui évoquent les morts.

l'exorciste[1] et la sorcière (élégante, certes, et diplômée, la sorcière) sont reçus. Des magazines annoncent froidement l'homme grand brun et attentionné, Messie des temps modernes et de *Cosmopolitan*, que vingt-trois mille deux cent dix-sept lectrices nées sous la même conjonction vont rencontrer sous peu. Un homme d'affaires doit ouvrir une usine à Shanghai ou à Clermont, c'est une madame Olga qui en décide.

Ne voient-ils pas que ces misérables surnaturels particuliers ne font qu'obscurcir le miracle unique, le surnaturel général, *l'âme cachée de l'univers*. La fulgurante beauté de ce don absolument gratuit – l'Univers –, cette beauté qui nous tire des larmes devant le Grand Canyon ou les circonvolutions de la coquille d'un *nautilus pompilius* – et que tout cela soit encore compréhensible, hormis l'incipit – voilà que ce surnaturel majeur (et qui, à n'être plus unique, en perd sa majesté), le voici à la portée des caniches et de ceux qui les promènent, le voilà allègrement massacré par un monsieur Ababacar, ignorant ignorantissime, rigolard détrousseur d'illusions, siphonneur du trop-plein d'angoisse et de crédulité de ses on n'ose dire frères humains, par un soi-disant professeur N'dongo, un pseudo-docteur Gurdjieff[2] ou une madame Soleil niaise comme la Lune ; tous sinistres personnages devant lesquels il faut cependant s'incliner bien bas, car n'ont-ils pas, eux, réellement découvert la pierre philosophale[3] qui transforme notre vil tremblement en or-en-barres dans leur coffre-fort ? Un président américain, nous dit-on, et sa femme[4], couple poulpeux et d'une banalité révoltante, consultaient l'astrologue.

1. *Exorciste* : personne qui possède le pouvoir de chasser le démon du corps des possédés. \ **2.** *Georges Ivanovitch Gurdjieff* (1877-1949) : écrivain et ésotériste d'origine russe qui fit office de « gourou » pour de nombreux intellectuels de la première moitié du XXe siècle. Adulé par ses adeptes, il passe, aux yeux de beaucoup d'autres, pour un charlatan. \ **3.** *Pierre philosophale* : substance recherchée par les alchimistes du Moyen Âge, capable, selon eux, de transformer les métaux en or. \ **4.** Allusion au président américain Ronald Reagan (1981-1984) et à sa femme Nancy.

Ils auraient déclenché l'apocalypse nucléaire multi-mirvée[1], Ronald et bobonne, ils en avaient le droit ; mais sans doute pas *ce* mercredi, l'alignement stellaire ne disant rien qui vaille à l'enturbannée qui leur battait les cartes. On croit rêver – homo *sapiens,* vraiment ? On voudrait pouvoir désigner des responsables, l'impéritie[2] des éducateurs, la nullité des grands-prêtres et des mollahs[3], la réforme de l'Université ; et puis on hausse les épaules. L'animal a grandi trop vite, voilà tout. Va pour le tarot et la boule.

Je compare soigneusement les deux cartes de visite.

– Ben, y a pas à hésiter : c'est Ababacar qu'il nous faut ! Il a un diplôme, lui, au moins. L'autre, Monsieur Joseph, je ne le sens pas. Ça fait habitué de maison close, *Monsieur Joseph.*

– Tu m'accompagnes ?

– Bien sûr.

Comme tout intellectuel qui se respecte, le professeur Ababacar Samb se foutait pas mal des commodités de l'existence. Il habitait stoïquement un trou à rats dans un immeuble promis à une démolition prochaine, ce dont attestait une affiche intimant **Défense d'entrer !** sur la porte. Nous restions indécis devant cette proclamation comminatoire lorsqu'un homme passa soudain la tête entre deux planches :

– C'est pourquoi ?

– Pour le médium.

– Le quoi ?

– On vient pour le mage. Abracadabra Samb, c'est bien ici ?

– Ah... restez pas dans la rue, quoi. On va se faire repérer, là.

Nous suivîmes le noir Charon[4] jusqu'aux Enfers d'un

1. *Multi-mirvée* : de MIRV, missile balistique à têtes nucléaires multiples. \ 2. *Impéritie* : incompétence, maladresse, ignorance. \ 3. *Mollahs* : dans l'islam, savants docteurs en droit coranique, mais aussi chefs religieux. \ 4. *Charon* : dans la mythologie grecque, nom du passeur des Enfers, dans la barque duquel les âmes traversent l'Achéron, le fleuve des Enfers, pour rejoindre le royaume des morts.

deuxième étage. Il nous fit entrer dans une pièce obscure dans laquelle un homme mangeait une sardine. Quand mes yeux se furent habitués à la pénombre, je vis que les murs de l'antre étaient décorés de belles affiches multicolores datant d'une campagne électorale vieille de deux décennies. Lesdites affiches nous invitaient à voter pour Mitterrand ou à mettre Giscard à la barre, en somme à choisir entre un mort et un vivant, ce qui me sembla tout à fait indiqué chez un médium. Un gros chat dormait, roulé en boule, dédaignant le remue-ménage et plein de mépris pour la gent bipède. Charon attendit respectueusement que le sardinivore finît sa mastication, puis s'en approcha et lui murmura quelque chose à l'oreille. Le professeur Samb (je présume que c'était lui) s'essuya les doigts sur le ticheurte [1] de son porte-coton, puis nous jeta un coup d'œil. Il fronça les sourcils, leva l'index de la main droite et grommela quelque chose dans le dialecte du Fouta-Djalon [2] ou d'ailleurs. L'acolyte aboya :

– T'es un journaliste, toi, là ?

– Moi ? On m'a traité de bien des noms, mais jamais de journaliste.

Il répéta sa question.

– T'es un journaliste, toi, là ?

– Non, je vends des cravates devant la Samaritaine.

– T'as les papiers ?

J'exhibai une vieille carte d'étudiant qui me servait à aller au cinéma à prix réduit, en expliquant que je vendais des cravates devant la Samaritaine pour payer mes études. Charon chuchota quelque information dans le conduit auditif du mage, qui hocha la tête et prit la pose du « allez-y-je-vous-écoute-que-puis-je-pour-vous ».

1. *Ticheurte* : t-shirt ; le mot est écrit comme on le prononce en français \ **2.** *Fouta-Djalon* : massif montagneux du nord-ouest de la Guinée.

Mina explique le problème au mage

– Mon fils Monsieur c'est tout ce qui me reste et il s'est mis avec une Juive Monsieur ils sont inséparables comme les cinq doigts de ta main et moi ça ne me dérangeait pas trop au début car d'une part elle est gentille elle est toute petite toute petite même si elle fume mais son père il s'appelle monsieur Touati c'est un méchant oh la la méchant méchant méchant il veut venir les tuer tous et moi aussi j'ai rien fait pourtant je ne suis que la mère mais mon fils c'est tout ce qui me reste alors s'il te plaît magicien il faut les séparer ne fais pas de mal à la fille elle est gentille toute petite mais ça ne va pas il faut que tu les sépares il faut que mon fils il va être amoureux d'une autre jeune fille et si possible qui ne fume pas et qui est sérieuse et en plus si elle est marocaine ou tunisienne mais pas algérienne je te paie double[1].

Le mage commençait à s'intéresser drôlement à l'histoire.

– Comment elle est, la jeune fille, là ? Bien rrrroulée, non ? Elle va au bal ? Z'avez pas une photo ? Quel âge elle a ?

– Dix-sept ans, dit Mina au hasard.

– Dix-sept ans, gémit l'ogre en se passant la langue sur les lèvres.

Il sortit un mouchoir douteux de sa poche et s'épongea le front. Puis il décréta :

– Il me faut un nobjet perrrsonnel apparrrtenant à la jeune perrrsonne en question, disons hune petite culotte, préférrrablement de couleurrr nouarrre.

– Un mouchoir pourrait aussi bien faire l'affaire, objectai-je.

– Non, tonna le professionnel, il faut un nobjet vrrraiment perrrsonnel ! Une petite coulotte et encorrre il faut qu'elle a été

1. L'absence de ponctuation cherche à reproduire la façon de parler de la mère. Elle marque sa précipitation.

porrrtée rrrécemment pourrr que la magie opèrrre avec efficacité et bonhomie.

Il s'abîma dans une transe soudaine, ses yeux se révulsèrent et il pointa un index tremblant sur moi en éructant ces mots (que je transcris aussi fidèlement que possible pour ne pas avoir d'ennuis avec le vaudou) :

– Bulgare n'dolo coco maton !

Sur un signe de Charon nous nous esquivâmes, après lui avoir confié les honoraires du Maître. Mina murmurait à tout hasard des formules berbères de contre-sorcellerie.

Cette nuit-là, je fis un rêve embarrassant. Dans le placard de Judith, je (mais est-ce bien moi ?) déniche un petit panier en osier qui contient ce que je cherche. J'y choisis une culotte noire, avec des dentelles, tout à fait affriolante. Mais voilà qu'en sortant de la chambre je me trouve nez à nez avec Judith.

– Qu'est-ce t'as dans la main ?

– Rien.

– Ouvre !

Elle me donne un coup de genou dans le bas-ventre. La douleur me fait lâcher prise et l'objet du délit choit délicatement sur le sol. Judith n'en croit pas ses yeux.

– Le dégueulasse ! Il me pique mes slips !

– Arrête tes conneries, c'est pas pour moi, c'est pour un mage.

– En plus, il les vend !

– Mais non, le mage va s'en servir pour t'ensorceler, que tu laisses tomber Jamal.

Pour le coup, la belle enfant est sciée. Elle remet machinalement la culotte dans le petit panier et va s'asseoir sur le lit.

– Qu'est-ce que ça peut te faire à toi que je sois avec Jamal ?

– Moi, rien. C'est sa mère qui a mobilisé le sorcier.

– Ça alors ! Moi qui croyais que j'avais la cote avec elle.

– Elle n'a rien contre toi, mais franchement, ce n'est pas une vie, entre ton père qui menace tous les jours de venir la massacrer et son mari qui l'accuse de tous les maux.

– Tout de même, j'aurais pas cru. Qu'est-ce qu'on fait ?

– Donne-moi de quoi satisfaire le mage. De toute façon, ça ne marchera pas.

– T'es fou ? C'est un Dim ! Va chez Tati acheter un slip à dix balles. En plus, qu'est-ce que t'en sais, toi, que ça ne marchera pas ? On sait jamais, avec les blacks.

Je me réveillai, mécontent des licences du sommeil ; mais les choses n'allèrent pas plus loin, car l'Histoire s'emballa tout à coup. Le lendemain, Monsieur Touati mit sa menace à exécution : il lâcha les frères Benarroch sur le vil suborneur de sa fillette.

11

La politique nous rattrape

C'EST ALORS QUE JE LES VIS.

Jusque-là, j'aimais bien cette petite phrase, qu'on trouve dans les romans policiers : *c'est alors que je les vis*. Vlan ! Puis on change de paragraphe, ou carrément de chapitre. Angoisse, délicieux frissons... Qu'est-ce qu'il a vu, qu'est-ce qu'il a vu ? Le lecteur retient son souffle. Sont-ce des tueurs masqués, l'avant-garde du péril jaune, les quatre cavaliers de l'Apocalypse[1]? Bel effet littéraire. Mais là, quand je vis les trois frères Benarroch, debout au coin de la rue de Charonne et qui semblaient nous attendre, je compris que nous n'étions plus dans la littérature et les bons sentiments.

Les frères Benarroch ressemblaient à ça :

●●•

L'aîné (à droite) était le plus petit ; on l'appelait Bouboule. Les cadets, des jumeaux, nous les appelions Grosso et Modo, mais pas en leur présence.

Ils s'élancèrent vers nous. Pas moyen de changer de chapitre, je tentai de changer de trottoir en entraînant Jamal mais ils firent

1. *Les quatre cavaliers de l'Apocalypse* : mentionnés dans l'Apocalypse, le dernier livre du Nouveau Testament, ces quatre cavaliers (le Parthe archer, la Guerre, la Famine et la Peste) doivent venir ravager la terre lors de la fin du monde.

de même. Nous nous mîmes à courir, ils nous prirent en chasse. Au croisement du boulevard Voltaire nous tournâmes à droite, puis à gauche. C'était une impasse, l'impasse du Bon-Secours. Nous essayâmes de nous cacher dans un renfoncement, le porche du numéro 5, sous une plaque qui annonçait une mystérieuse *École des Parents et des Éducateurs.* Curieux, comme dans ces circonstances des détails absurdes viennent se greffer dans la mémoire. Ainsi cette autre

Abrasifs
Awuko
Gozland

Ces abrasifs Awuko du Gozland me glacèrent. Soudain, je n'étais plus dans mon Paris familier mais dans une contrée lointaine, le Gozland, où la tribu des Aw uko devenait méchamment abrasive.

Les frères Benarroch nous avaient repérés. Tout à coup ils furent là, devant nous, massifs et dangereux. L'aîné pointa le doigt sur Jamal.

– Toi, on va t'arranger ta gueule.

Ils se partagèrent la tâche. Grosso me neutralisa par ce qu'on désigne peut-être comme « une clé à l'épaule », mais je n'y connais rien, après tout. Quoi qu'il en soit, je ne pouvais plus bouger. Les deux autres entreprirent de détruire Jamal. L'un d'eux le maintenait immobile, l'autre enfila un coup-de-poing américain et se mit à cogner. Il s'acharnait sur le nez ethnique de Jamal, dont la fine arête courbe trahissait le lointain descendant de Sem[1].

1. *Sem* : selon les traditions biblique et coranique, Juifs et Arabes sont des peuples de souche sémite. Sem, selon la Genèse, est l'un des trois fils de Noé. Abraham appartient, toujours selon ces mêmes traditions, à la descendance de Sem.

Bientôt, tout son visage ne fut plus qu'une bouillie sanglante. Étrangement, il ne laissa pas échapper une plainte. Les cogneurs finirent par se lasser. Ils se tournèrent vers moi.

– Et d'abord, qui tu es, toi ?

– Je ne suis que le cousin, j'ai rien à voir dans cette histoire.

Les Benarroch étaient des brutes, certes, mais ils avaient le sens de la famille : puisque j'étais le cousin, j'avais, moi aussi, le droit de participer aux réjouissances. Bouboule m'enfonça son pouce dans l'œil, puis me mit un coup de tête en plein visage. Il paracheva son œuvre d'une manchette à la nuque qui ne prouvait rien.

Je ne crois que les témoins qui se font tuer, affirmait Pascal[1], qui parlait sans doute aux fantômes. Pour le coup, j'étais agréé : témoin crédible, autorisé. J'avais un goût de sang dans la bouche.

Jusque-là… lorsqu'on me demandait ma position sur les aventures de Jamal et Judith (« toi, personnellement, qu'est-ce que tu en penses ? »), je répondais, impavide[2] :

– Moi ? Je n'en pense rien. Je la raconterai un jour, cette histoire, et on verra. Dieu reconnaîtra les siens. Je refile le bébé, en quelque sorte.

Mais impavide la gueule en sang ? Tout à coup, ce fut comme si j'entrais dans le film. Et je m'aperçus que j'avais un point de vue, une opinion, des certitudes, à commencer par celle-ci : tout homme qui cogne au nom d'une haine de clan est un salaud dangereux.

On me demandait, pourquoi cette indulgence envers Gluard jamais giflé, envers Tarik, envers Touati ? Ne sont-ce point là peste brune, choléra du même bouillon, bigoterie menaçante ? Je répondais que pour moi toutes les croyances se valent, c'est-à-dire qu'elles valent tout ou rien, mais pas plus l'une que l'autre ;

1. *Pascal* (1623-1662) : mathématicien, physicien et écrivain français, auteur, notamment, des *Pensées*. \ **2.** *Impavide* : sans peur, impassible.

que seul m'intéresse le degré de liberté, le jeu que me laissent les obsessions d'autrui, et c'est pourquoi j'aime vivre dans des pays dont je ne comprends pas la langue ; que de toute façon le jour où le fanatisme sera au pouvoir je me ferai dévot, ma barbe flottant au vent, j'éructerai et j'apprendrai tout ce qu'on voudra par cœur, de bas en haut, à l'endroit, à l'envers ; qu'en attendant je porte sur ces gesticulations un regard myope et consterné ; qu'en attendant je ne bois jamais d'alcool pour n'en manquer jamais ; et si je me damne encore à écouter de la musique je suis prêt, le jour où les édits[1] tomberont dru comme couperets de guillotine, à me contenter du pépiement des oiseaux, du ruissellement de l'eau et du bruit du vent dans les couloirs des universités désertes. Quant aux amours, je fais moisson des plus diverses pour que, le jour venu, je puisse survivre de réminiscences et de regrets. Les écrits profanes, superflus selon le dogme[2] (on brûlera les bibliothèques), j'ai coutume de les déchirer, page après page, après les avoir lus. Je disperse les cadavres de mes lectures dans des corbeilles à papier, à la merci d'une femme de ménage agent du grand Ayatollah, ou bien j'en jette de pleines brassées par les fenêtres des compartiments de train. On aurait peine à reconstituer le corps de mes délits. J'ai, par exemple, semé les restes d'un Naguib Mahfouz[3] sur cinq cents kilomètres entre Paris et Amsterdam. Les voyages en bateau sont également propices à l'effacement des traces : j'ai vu les reliefs de mes *Mille et Une Nuits* flotter en mille feuillets dans le détroit de Gibraltar, sous une lune complice. Je me préparais une virginité à toute épreuve. Rien dans les mains, rien dans les poches. Torquemada[4]

1. *Édits* : sous l'Ancien Régime, textes législatifs émanant du roi et statuant sur une matière spéciale. \ **2.** *Dogme* : doctrine devant être crue comme une vérité fondamentale. \ **3.** *Naguib Mahfouz* (1911-2006) : romancier éyptien, peintre lucide des réalités sociales de son pays, prix Nobel de littérature en 1988. \ **4.** *Tomás de Torquemada* (1420-1498) : moine dominicain, confesseur de la reine Isabelle de Castille et du roi Ferdinand II d'Aragon. Il a été le premier Grand Inquisiteur de l'Inquisition espagnole de 1483 à sa mort.

n'aurait pu m'embraser, la barbe institutionnelle me donnerait l'accolade.

Eh bien, non.

C'est leur faire trop d'honneur. Je comprends, maintenant que je ne vois plus rien, le sang suintant de l'arcade sourcilière et s'insinuant dans mes yeux, je comprends que le Protocole véritable ce sont eux, Gluard, Tarik et les Benarroch, qui l'écrivent chaque jour, tacitement, se soutenant dans une même abhorration pour celui qui n'a que le tort d'hésiter. Je les vois bien, maintenant, danser ensemble la gigue, écrasant, telle l'idole de Jaggernaut [1], quelques milliers de malheureux au hasard de chaque saccade. Ce n'est pas Jamal qui couche avec l'ennemi ni Judith ; ce sont ces forcenés qui cohabitent dans l'exécration comme un vieux couple recru de rancœur réciproque mais uni, malgré tout, par la peur foncière de ce qui commence au-delà du portail du pavillon. Gluard, Tarik et les Benarroch : c'est l'Internationale de la Haine, je les mets dans le même sac, et ce sac je rêve qu'un dieu diffamé le précipite dans le lac de Constance. Le niveau de l'eau ne monterait que de quelques centimètres et la Terre serait rendue à ses habitants légitimes, les insectes.

Car les hommes…

Quelques jours plus tôt, la presse rapportait la scène suivante : *Jambes écartées, mains derrière la tête, les deux Palestiniens sont assis sur l'asphalte.*

Les gardes-frontière israéliens David Ben Abou, vingt ans, et Tzahi Shamya, dix-neuf ans, s'acharnent… Coups de pied au visage, dans le ventre.

1. *L'idole de Jaggernaut* : Jaggernaut ou Jagannath, ville du Bengale (Inde), dont le temple est un haut lieu de pèlerinage. Des statues (idoles) de la plupart des dieux du panthéon hindou y sont érigées. La plus haute est dédiée à Jaggernaut (autre nom de Krishna).

Ils obligent les deux Palestiniens à s'allonger sur le trottoir, à faire des pompes. Les deux hommes ont la face ensanglantée. Leurs tortionnaires s'assoient sur eux.

Ce passage à tabac dure trois quarts d'heure. C'est une humiliation. Pour qui ?

De la fenêtre de son immeuble, un vidéo amateur filme la scène.

Un Palestinien dira, désabusé : « Il y a rarement une caméra pour saisir l'horreur. »

Quelques jours auparavant, quatre soldats comparaissaient devant le tribunal militaire de Lod pour avoir tué un Palestinien « par erreur ».

Un barrage, sur une route de Cisjordanie.

Les soldats, en civil, ouvrent le feu sans sommations contre un taxi. Un homme est tué net. Il s'appelle Iyad Badran. Il a dix-huit ans.

Ce n'est qu'un Arabe.

Les juges, graves, solennels, profonds comme des tombeaux, estiment que les soldats n'ont pas respecté les consignes de tir. Les soldats sont donc coupables. Ils doivent rendre des comptes.

Rendre des comptes.

Alors les juges calculent. Que vaut la vie d'un Arabe ?

Ils délibèrent, graves, solennels, profonds.

Que vaut la vie d'un Arabe ?

Très exactement ceci : une agora de dommages et intérêts[1]*. Soit deux centimes. Soit le prix d'une pastille à la menthe.*

Le parquet réclamait également une peine de prison d'une heure. Une heure de prison ! Voilà qui est excessif. Les juges refusent de suivre le parquet.

On en restera à l'agora.

1. *Une agora de dommages et intérêts* : l'agora était la grande place où sigeait l'assemblée du peuple dans la Grèce antique. Ici, le terme, employé au sens figuré, désigne une foule, un grand nombre de dommages et intérêts.

Avant de m'effondrer, j'ai le temps de comprendre pourquoi les Benarroch cognent si fort et pourquoi ils semblent y prendre plaisir.

Ils s'éloignèrent en ricanant.

– Voilà qui t'apprendra, sale Arabe !

– Qui m'apprendra quoi, connard ? murmure Jamal, qui continue de cracher ses dents.

Une voiture de police s'arrête le long du trottoir. Starsky et Hutch en sortent, prudents et francophones.

– Qu'est-ce qui se passe, vous deux, là ? Vous avez bu ?

– Arrêtez vos conneries, on s'est fait agresser.

– Holà, reste poli, p'tit merdeux ! Tes papiers !

Tandis que j'agonise, on me demande mes papiers. Excellent. Jamal se met à vomir. Hutch se radoucit.

– On va le conduire à l'hôpital. Vous voulez porter plainte ?

Jamal me devance.

– Pas la peine, on ne sait pas qui c'est.

– Alors…

12

La scène du balcon

En revenant de l'hôpital, nous vîmes un attroupement rue de Charonne. Un panier à salade imposait sa présence trapue et vaguement menaçante. Le gyrophare donnait du tragique à la scène.

Des policiers maintenant les curieux à distance. J'avisai un flic.

– Qu'est-ce qui se passe ?

– Rien de bien sérieux, juste un type qui a une bouffée délirante. Il balance par la fenêtre tout ce qui lui tombe sous la main. Heureusement, il n'a encore tué personne.

– Qu'est-ce que vous allez faire ?

Il haussa les épaules.

– Que voulez-vous faire ? On attend que ça se passe, on interviendra quand il sera vidé.

Comme il disait ces mots, une chaîne hi-fi s'écrasa sur le trottoir.

– Putain, mais c'est ma Pioneer, s'exclama Jamal, tu t'souviens, j'lai secouée dans l'entrepôt de la Fnac, à Sébastopol !

– Ce jeune homme plaisante, monsieur l'officier.

Mais je savais qu'il n'y avait pas matière à plaisanterie. Je levai les yeux. La tête hirsute d'Abal-Khaïl se découpait dans l'embrasure de la fenêtre du huitième étage d'où pleuvaient les affaires de son fils.

Abal-Khaïl disparut. À sa place on vit apparaître un placard dans l'embrasure de la fenêtre.

Jamal était livide.

– La môme est sûrement dedans !

Le placard tanguait dangereusement. Abal-Khaïl poussait avec des han ! rageurs, mais pas mèche, la fenêtre n'était pas assez large. Soudain, le placard se mit à lancer des cris déchirants. Abal-Khaïl le lâcha, terrifié.

Quelques minutes plus tard, on le vit surgir au bas de l'immeuble, hagard. Des policiers lui passèrent les menottes et le propulsèrent dans le panier à salade.

Nous montâmes les escaliers quatre à quatre. Judith sanglotait, roulée en boule dans le placard.

– Ton père est arrivé comme un fou, il a hurlé à ta mère l'horreur absolue, que j'étais enceinte. Comment tu l'sais ? a demandé ta mère. C'est m'sieur Gluard qui me l'a dit ! a braillé ton père. J'veux plus voir Jamal, c'est plus mon fils ! Après, je ne sais plus, j'ai tout juste eu le temps de m'enfermer dans l'placard, il a quasiment défoncé la porte de la chambre, j'ai entendu qu'il avait ouvert une fenêtre… Putain, j'avais les j'tons ! Puis tout s'est mis à bouger, on aurait dit un tremblement de terre…

Le soir venu, Jamal erre au milieu du fouillis.

– Tu vois, ce qui m'choque, c'est de voir toutes mes affaires là sur le trottoir, bordel, n'importe quel pèlerin peut mater comme il veut et commenter ma vie.

Il ramassa une boîte de préservatifs.

– Même la couleur de mes chaussettes, ils connaissent, à présent. La honte ! J'ai plus qu'à quitter l'pays. J'vais chez les Maliens. Du côté de Montreuil [1], on trouve des piaules pas cher.

La nuit était tombée. Jamal soupira.

1. *Du côté de Montreuil* : la ville de Montreuil (93) compte l'une des plus importantes communautés maliennes de France.

– À quoi ça se réduit, finalement, une vie… Quelques slips, de l'after-shave, un crayon et un CD de Madonna.

Puis, sans transition :

– J'vais allumer Gluard.

Vrai-faux chapitre 13

La chute de la maison Gluard [1]

En attendant Jamal, Gluard s'interroge. Il faut une musique d'ambiance, bien sûr, mais laquelle ? Ses doigts courent sur le dos des CD rangés par ordre alphabétique.

– La grande musique risque de faire fuir ce jeune sauvage. Mais je n'ai pas de ces hurlements qui les font entrer en transe. Voyons, voyons… Ah ! Kapsberger ! Vous tombez à point, cher maître. Mon hôte croira que c'est du rock.

Il mit le disque et ferma les yeux. Les modulations excentriques du Vénitien l'enchantaient. Le théorbe [2], les grelots, les maracas, l'omniprésente basse continue l'emportèrent vers une Cythère [3] tout de même prématurée.

Il n'en revenait pas. Des mois qu'il poursuivait Jamal de ses assiduités et voilà que le giton [4] lui avait téléphoné !

– Il va me demander de l'argent, c'est sûr. Pourquoi pas ? On n'a rien sans rien. Tiens, voilà une phrase à sa portée. *On n'a rien sans rien*. Même un Beur peut comprendre.

Gluard habitait rue de la Roquette, au septième étage d'un immeuble moderne. J'ai garé la voiture le long du trottoir, rue

---

1. *La chute de la maison Gluard* : le titre fait allusion à celui d'une nouvelle d'Egdar Poe, *La Chute de la Maison Usher* (1839). \ **2.** *Théorbe* : sorte de luth à deux manches. \ **3.** *Cythère* : île grecque qui, dans l'Antiquité, abritait un temple dédié à Aphrodite, déesse de l'amour. Cette île est devenue le symbole des plaisirs amoureux. \ **4.** *Giton* : jeune homme entretenu par un homosexuel. Giton est le nom d'un personnage du *Satyricon*, roman de l'écrivain latin Pétrone (Ier siècle).

Godefroy-Cavaignac. Sur la droite, j'avise un *Au Puits de Jacob, restaurant casher, spécialités marocaines*.

– Décidément !

– Tu crois pas que c'est un signe du Destin ? demande Jamal.

– Me fais pas suer, je t'ai déjà dit que je ne croyais pas à ces bêtises.

– En quoi tu crois, alors ?

– Je crois que deux et deux font quatre. À part ça, je ne crois en rien.

– On peut pas croire en rien.

– Puisque je te le dis.

– Bon, j'y vais. À tout de suite.

J'imagine le birbe [1] s'infligeant une discrète giclée de vaporisateur pour se faire une haleine fraîche avant d'ouvrir la porte.

Quelques minutes plus tard, les voilà qui apparaissent sur le balcon. Gluard a l'air de désigner une chose, au loin. Peut-être vante-t-il la vue, les toits de Paris ? Peut-être évoque-t-il Foujita [2] ? Soudain Jamal se baisse, Gluard semble vouloir s'agripper à la balustrade, il a un sursaut puis il bascule dans le vide. Le tout a duré l'espace d'un clignement. Je vois comme un gros tas de linge qui décrit une parabole gracieuse et vient s'écraser devant l'entrée d'une filiale du Crédit commercial de France. Un bruit mat, un petit envol de poussière...

– Que se passe-t-il dans ces cas-là, à quoi pense-t-on, quel effet ça fait ? me demandez-vous.

C'était la deuxième fois que j'assistais à une défenestration. Au début des années quatre-vingt, alors qu'un soir je sortais du Centre Pompidou, une jeune fille s'était écrasée à

1. *Birbe* (ou *vieux birbe*) : vieillard ennuyeux. \ **2.** *Foujita* (1886-1968) : peintre japonais naturalisé français à la fin de sa vie.

quelques mètres de moi, sur le parvis. Sa robe d'été avait fait comme une corolle autour de son corps disloqué. Quand les hommes du SAMU la retournèrent pour la déposer sur un brancard, elle n'avait plus de visage, ce n'était qu'une pulpe sanglante. *Libération* rapporta le drame, dans un entrefilet qui se terminait, vu les lieux, par cette phrase odieuse et impardonnable : « L'artiste n'a pas salué. » Je n'ai plus jamais acheté ce journal.

– Oui, mais quel effet ça fait ?

Eh bien, pour tout dire, on a un très fort sentiment d'irréalité, comme si rien n'était vraiment advenu, ou seulement sur la toile du Grand Rex. Dehors, la vie tiède suit son cours. Je me mis à répéter mécaniquement :

– Putain c'est pas vrai… Putain c'est pas vrai… Putain c'est pas vrai…

Mais ce tas de linge qui fut Gluard gisait bien là, grotesque, désarticulé. Une jeune femme qui sortait de la banque poussa un cri et laissa choir son sac à main. Des gens accouraient, un attroupement se forma.

Soudain la portière de la voiture s'ouvrit. Jamal se coula sur le siège, à la place du mort.

– Trace, mec, trace.

Je pris à droite et remontai le boulevard Voltaire jusqu'au croisement de la rue de Charonne tout en hurlant :

– Idiot ! idiot ! idiot ! Qu'est-ce que tu as fait ?

– Je ne sais pas ce qui m'a pris. Tu crois aux djinns [1] ?

Garés sur le boulevard, nous reprenons nos esprits.

– Dis-moi, tu vas pas mettre dans ton bouquin que j'ai balancé Gluard du haut de son immeuble ?

1. *Djinns* : voir ci-dessus, note 4, p. 54.

– Pour qui tu me prends ? Je ne vais pas envoyer mon propre cousin en tôle juste pour une péripétie dans un roman. Je vais mettre qu'il a glissé et qu'il est tombé tout seul.

Cette réécriture de l'Histoire ne rassura pas Jamal.

– Non, mets plutôt qu'il s'est rien passé.

– Comment ça, qu'il ne s'est rien passé ? « Excusez-moi, Mesdames-Messieurs, dans ce chapitre, il ne se passe rien, on vous remboursera au prorata » ?

– Pourquoi pas ? Au bahut, on nous forçait tout le temps à lire des books où il se passait rien : une môme avec un lion ; un type qui traînait sur la plage, il tuait un rebeu ; un minga[1] sur la Lune avec un aviateur[2].

– Très bien, je vais réécrire le chapitre dans une version où il ne se passe strictement rien. D'accord ?

– Viens, on va s'asseoir au Départ, sur le Boul'Mich, et tu l'écriras devant moi.

– Tu ne fais pas confiance à ton propre cousin ?

– Après ce qui vient de se passer, je ne ferais pas confiance à mon ombre.

Je me mis tant bien que mal à écrire, sous l'œil soupçonneux de Jamal. Je me sentais tel le Chinois qui rédige son autocritique sous un portrait du président Mao.

Chapitre 13 bis
Circulez, y a rien à voir

Jamal allume une cigarette, puis l'éteint. Il me jette un coup d'œil et affirme que le mal du siècle…

---

1. *Minga* : gamin, en verlan. \ **2.** Allusion aux romans de Joseph Kessel (*Le Lion*, 1958), Albert Camus (*L'Étranger*, 1942), et Antoine de Saint-Exupéry (*Le Petit Prince*, 1943).

– Encore cette antienne[1] *! le coupé-je. Comment peut-on parler de mal du siècle ? Est-ce que Tombouctou et Manhattan ont le même problème ?*

– Calmos, je fais que continuer la discussion de l'aut'jour… Comment elle s'appelle, déjà ? Oum Kalsoum ? Donc : une seule angoisse taraude les keums[2]*, partout : les racines. T'as beau dire.*

Je contemple une ligne courbe dans une lithographie de Miró[3] *; plus exactement, dans une reproduction que j'ai collée un jour sur un mur pour égayer ce studio de la rue de la Providence où nous nous trouvons. Le métro aérien fait vibrer les vitres, puis le silence revient. Épais.*

– Va te faire foutre, Jamal. J'en ai marre de ces histoires de racines.

Il me regarde, triomphant. Se gratte la poitrine, se cure l'oreille, se mouche.

– Tu crois qu'il va venir ?

– Qui ?

– Gluard. Pas le pape, pas l'ayatollah. Gluard.

– Ben, on a un rencart. Je l'ai persuadé de venir ici plutôt que d'aller dans son appart'. C'était pas trop dur, il en mourait d'envie.

– T'es vraiment une pute. (Moi, admiratif.)

– Ouais. Je dois reconnaître que je suis plutôt bon comédien. Je faisais du théâtre, dans le temps, au bahut. Une seule chose me dérangeait, c'était que le public savait bien, au fond, que ce n'était que du théâtre, que c'était « pour rire ». Même quand ce n'était pas drôle. Je voudrais jouer sans que les spectateurs le sachent.

– Le voilà, dis-je, tais-toi.

Gluard est là, essoufflé, ruisselant de sueur, devant la porte ouverte. Il nous regarde. Il sait qu'il va mourir. Il accepte cette fatalité. Je dirais presque mektoub[4] *s'il ne s'agissait pas d'un membre du Front national.*

---

1. *Antienne* : courte phrase tirée de l'écriture sainte, reprise comme refrain entre chaque verset d'un psaume, d'où phrase que l'on ne cesse de répéter. \ **2.** *Keums* : mecs, en verlan. \ **3.** *Miro* (1893-1983 : peintre et sculpteur espagnol. \ **4.** *Mektoub* : voir ci-dessus, note 1, p. 30.

Il a compris et s'est résigné en voyant deux hommes là où il n'en attendait qu'un (et quel ! Ces yeux ! Cette allure !).

Jamal s'approche de lui.

– T'as tout compris, murmure-t-il. Tu te résignes. Tu sais qu'il n'y a rien à faire.

Je prends le revolver sur la table et m'approche de l'homme pétrifié. Jamal continue de parler tout bas. J'entends le mot « fatalité » revenir dans ses propos. Je brandis l'arme et la pose contre la tempe du journaliste. Soudain, Jamal me l'arrache et bondit en arrière.

– Sauve-toi, connard ! hurle-t-il, il n'y a pas de fatalité ! Sauve-toi !

Gluard se rue dans l'escalier, il s'évapore, Jamal crie toujours. Puis d'un coup, il se calme. Pose le revolver sur la table. Me jette un regard hautain, allume une cigarette, en tire une bouffée et me dit calmement :

– Rideau.

Je soumets ma copie à Jamal. Il lit, le front soucieux.

– Alors, qu'est-ce que tu en penses ?

– Ce que j'en pense ? C'est nul, vraiment nul. Y a plein de mots que je comprends pas, je les aurais jamais employés. Et qu'est-ce que c'est que cette histoire de théâtre ? J'en ai jamais fait, moi. C'est qui, Miró ? Pourquoi je laisserais filer Gluard sans même lui destroiller[1] la gueule ? C'est pas clair, tout ça.

– Comment tu veux que je ponde un chef-d'œuvre avec toi qui lis par-dessus mon épaule et ce garçon de café qui vient toutes les cinq minutes passer un coup de torchon sur la table pour nous inciter à ficher le camp ?

– En plus, comme d'habitude, tu te sers d'un book pour raconter plein de trucs qui n'ont rien à voir. Bientôt, tu vas mettre carrément de la pub'ou des messages personnels. Page 27, tout à coup, *Marie je t'aime,* ou *bouffez du jambon Dodu.*

1. *Destroiller* : de l'anglais *destroy*, « détruire, casser » (terme argotique).

– Si on prend la parole, autant dire ce qui nous tient à cœur.

– Une dernière chose : le métro aérien, il ne passe pas rue de la Providence, ni même à côté. Tu pourrais quand même faire attention. Ça ne te coûterait rien de faire le trajet Nation-Charles de Gaulle en notant le nom des rues. Qu'est-ce tu veux que je te dise, t'as pas la conscience professionnelle. Allez, mets plutôt rue de la Glacière, si tu y tiens, encore que je ne voie pas ce que ça ajoute, le métro.

– C'est pour l'ambiance.

– Peuh.

Le lendemain, je me précipitai sur les journaux. La mort du journaliste n'était pas passée inaperçue. Un quotidien titrait : « Suicide à la romaine ». Son chroniqueur littéraire était lyrique. « [...] en impose par le courage d'une liberté ultime : hier, Montherlant[1], plus près de nous Lemercier ; et maintenant, Gluard. Qu'on partage ou non ses idées, il faut reconnaître, etc. »

– Tu vois, dis-je à Jamal, en lui montrant l'article, grâce à la presse, l'enquête est close. Suicide.

Je continuai de lire à haute voix.

– « ... ne supportait pas les atteinte du temps, les dégradations... »

– L'était dégradé de naissance, Gluard.

– Je ne te le fais pas dire.

Du coin de l'œil, j'observai mon cousin. Il y avait mort d'homme, tout de même, Gluard n'était pas une punaise de lit... Mais non : Jamal sifflotait en regardant défiler les façades de la rue de la Roquette. Puis, d'un geste indigné, il me montra

1. *Henri de Montherlant* (1895-1972) : romancier et auteur dramatique français. Il s'est suicidé à son domicile, « pour, selon ses propos, échapper à l'angoisse de devenir aveugle subitement ».

une épicerie dans laquelle un couple asiatique montait la garde, elle à la caisse, lui devant les rayons.

– Putain ! regar'moi ces boat people [1], la Mercedes et tout... C'qui se sont enrichis, les salauds, on se demande comment. Tiens, toi qu'as fait des études, explique.

– À quelle heure tu t'es levé ce matin ?

– Ben, normal, quoi, vers onze heures.

– Ton Chinois, à six heures du mat', il était déjà à l'œuvre.

– *Say no more.*

Arrêté au feu rouge, je m'aperçois que Jamal joue machinalement avec un gros stylo, qu'il tourne et retourne entre ses doigts.

– Montre.

C'est un Mont-Blanc. Il l'a sans doute raflé chez Gluard, d'instinct. Je sors de la voiture et je vais le jeter dans la Seine, du geste auguste du semeur. Jamal barrit :

– T'es ouf, un stylo pareil, ça coûte un max !

– Justement ! Si tu te fais fouiller par les flics, et qu'ils trouvent ce stylo sur toi, comment t'expliques, toi qui sais à peine écrire ? Dis, tu tiens à vivre dangereusement !

1. *Boat people* : de l'anglais *boat*, « bateau » et *people*, « gens, peuple » : réfugiés qui fuient leur pays sur des bateaux.

[Repentir]

[J'ai vu un jour, dans un théâtre de Casablanca, une pièce qui était censée se dérouler dans le Bagdad d'Haroun Al-Rachid [1]. Costumes d'époque, donc – si j'ose écrire, car peut-on appeler costumes cette débauche de caftans, de djellabas, de turqueries diverses ? Cependant, un des personnages était vêtu comme on peut l'être aujourd'hui, « à l'européenne ». Son rôle n'était pas clair au début de la pièce ; il l'était encore moins au baisser de rideau. Ce « personnage » n'avait dit mot, n'avait rien déplacé sinon de l'air. Il s'était contenté de déambuler, de s'asseoir parfois, de contempler un point fixe de l'espace. D'où ma perplexité : n'y avait-il pas là un paradoxe ? Peut-on être dehors tout en étant dedans ?

Des années plus tard, j'ai eu ma réponse, alors que je regardais Mina dormir sur un canapé, ivre de fatigue. C'est un oui de tristesse. Elle qui à l'aube court les rues de Paris, affublée d'une djellaba venue d'ailleurs, que fait-elle de sa vie ? Elle est dehors, irrémédiablement dehors…

Si déjà la simple considération de la multitude qui court et s'écrase dans les couloirs du métro parisien invite à l'étonnement (*qu'est-ce qui les meut ?*), que dire de la vie de Mina ? Levée à cinq heures du matin, elle descend la rue de Charonne, tourne à droite dans l'avenue Philippe-Auguste et s'en va nettoyer des

1. *Haroun Al-Rachid* (766-809) : calife abbasside sous le règne duquel Bagdad devint la ville la plus riche et la plus brillante du monde méditerranéen.

locaux industriels, non « déclarée », bien entendu, en dehors par conséquent. Revenue vers les huit heures elle prépare le petit-déjeuner de messieurs les hommes. Elle remonte ensuite la rue et s'en va nettoyer d'autres locaux, passage Delaunay. L'après-midi, elle lave, repasse, balaie chez elle. C'est ce que les théoriciens de l'économie nomment la *production domestique* : déclarée chez le père Noël ou la fée Carabosse. Vers six heures du soir, elle prend le métro pour se rendre au restaurant où elle cuisinera, dans un cagibi surchauffé, jusqu'à minuit. Puis elle rentre, pour une très courte nuit de sommeil.

S'étendre sur un lit, se tourner vers le mur, attendre l'anéantissement.

Si maltraitée par la vie…

Ah ! arrêtez tout. Je ne veux pas la maltraiter davantage. Qu'ici elle descende (hors du temps, hors de l'action) avec tous les égards. Je ne parlerai plus de Mina.]

Tous azimuts

Go West, young man, go West.
Horace Greeley [1].

1. « Va vers l'Ouest, jeune homme, va vers l'Ouest ! » *Horace Greeley* (1811-1872) : éditeur d'un célèbre journal, le *New York Tribune* et homme politique américain.

Chapitre 14
Épilogue

Au hasard d'un séminaire d'économétrie, me voici en Amérique, dans le New Jersey. J'en profite pour faire un saut à New Haven, dans le Connecticut, où Jamal et Judith se sont installés grâce à l'argent légué par l'oncle Boussaka, que tout le monde avait oublié mais qui était revenu au bon moment de Bahreïn avec quelques lingots et une générosité en or massif.

Les feuilles jonchent le sol. Les crêtes resplendissent, les bois sont un incendie de couleurs. L'été indien est une attraction touristique, c'est du bonheur tangible.

Judith se tient sur le porche, protégée du soleil par un authentique Tilley. Elle me fait un grand signe de la main. Jamal est en train de tondre la pelouse à l'aide d'une DR® Trimmer/Mower, tout en sifflotant *Star Spangled Stripes*[1]. Une odeur de barbecue flotte dans l'air. De l'intérieur de la maison me parvient la rumeur de la radio. On transmet la finale du championnat de base-ball.

Au loin, un chien aboie.

Jamal me fit faire le tour du propriétaire. J'admirai sa console Zenith, son bitougnard[2] Rowenta, sa Hughes, ses Nike Air Jordan, son rasoir Braun, l'aspirateur Hoover de Judith, sa

1. *Star Spangled Stripes* : hymne des États-Unis d'Amérique. \ **2.** *Bitougnard* : terme inventé par Fouad Laroui, et désignant une chose quelconque.

Kalachnikov à lui, son Colt, son Uzi, ses Acuvue de Johnson, ses Calvin Klein (en coton), ses chaussures de chez Johnston & Murphy, ses Ray Ban, ses cartes de crédit de chez Mendeleieff (or, argent, platine, tungstène), l'Oldsmobile de la famille, des Osh-Kosch on se demande pour qui, un zigougneur[1] de chez Macy's, trois Walkman, deux Discman et un lavabo Kohler. Puis il s'en alla ramener le drapeau américain qui flottait au sommet d'un mât planté dans le gazon. Son voisin, un colonel de l'US Navy à la retraite, se tenait au garde-à-vous sous un arbre, disons un séquoia ; lequel me fit d'abord l'effet d'un monument érigé à la gloire de l'industrie américaine, tant multicolores étaient ses branches ornées d'écussons criards. Mais non, à s'approcher du conifère, ce n'était que des sacs en plastique qu'un grand vent avait emmêlés dans les branches. Key Food ! *C-Town* ! **Towers Records** ! Bloomingdale ! proclamait la matière indestructible.

Au loin, un chien aboyait.

Je restai seul avec Judith. Elle se balançait sur un rocking-chair en bois blond.

– Dis-moi, belle enfant, tu ne regrettes pas ton placard de la rue de Charonne ?

Elle me désigne son ventre arrondi.

– Et l'bébé, j'le mettrais où ? Dans un tiroir ?

– Vous avez réfléchi au prénom ?

– Si c'est un garçon, on l'appellera George Washington. Si c'est une fille, ce sera Ruth Sharon, en souvenir de tout ce qu'on a vécu dans cette rue, Jamal et moi.

– C'est pour quand ?

– C'est pour décembre, Inch'Allah. Ou Adonaï[2].

– Ou Bouddha.

1. *Zigougneur* : terme inventé par Fouad Laroui, et désignant une chose quelconque. \ **2.** *Inch'Allah* : si Dieu le veut. *Adonaï* : en hébreu, « Seigneur ». Adonaï est l'un des noms de Dieu dans la Bible hébraïque.

– Ou Jésus.

Je m'en allai, la joie au cœur. Par la vitre arrière du taxi, je vis les silhouettes des amoureux se détacher sur coucher de soleil hollywoodien.

– Vive l'Amérique, balbutiai-je.

Au loin, un chien aboyait.

Chapitre 15
Annulation de l'épilogue

– L'Amérique ! gueule l'éditeur, vous n'avez rien trouvé de mieux ? Pourquoi pas Disneyland, carrément ? Dites, ce n'est pas la Bibliothèque Rose, chez nous, des fois que vous ne l'auriez pas remarqué. D'ailleurs, je ne sais pas si vous êtes au courant, mais l'Amérique, *ça n'éguesiste pas* ! C'est une vaste conspiration inventée par les services secrets britanniques pendant la guerre froide pour faire tenir les Ruskoffs tranquilles. Tout le monde était dans la combine ! Quand quelqu'un tenait à aller en Amérique, on le mettait dans l'avion, on le faisait atterrir en Angleterre, dans le Yorkshire ou le Dorset, on lui expliquait le truc, comme quoi il y allait de l'intérêt de la paix mondiale que tout le monde croie à l'existence de l'Amérique, on lui fournissait un lot de photos de vacances truquées et il rentrait chez lui bien content, motus et bouche cousue. Alors, vous pensez, l'Amérique ! Va falloir me trouver une autre fin, et fissa !

– Qu'est-ce que vous voulez que je raconte ?

– Mais la vérité, bon Dieu ! hurle-t-il, la vérité, vous ne savez plus ? À force, vous ne voyez plus que des mensonges, partout ?

Je hausse les épaules.

– La vérité, monsieur, la voici : Abdeerrahmane et Céline se sont séparés, vaincus par l'hostilité de leurs familles. Céline est à Montparnasse, à la SNCF… je crois qu'elle renseigne les voyageurs. Elle s'est peut-être mise avec Salomon-l'alibi, qui sait ? la vérité est tellement décevante.

– Vous m'en direz tant ! Elle est gaie, votre histoire. C'est *La Veuve* et *Les deux Orphelines*, votre truc, c'est carrément *La Porteuse de pain* [1].

Il alla s'effondrer dans son fauteuil, consterné, et se mit à regarder par la fenêtre. Un doux crachin d'octobre rendait floue l'avenue. Des voitures grises glissaient sur le bitume luisant comme des Zil [2] entrant dans le Kremlin. En sourdine, un quatuor de Beethoven achevait de me flanquer un cafard monumental.

– Vous savez qu'on reçoit déjà du courrier vous concernant ? Avant même la publication, c'est un comble. Lisez vous-même.

Il prit quelques feuillets sur son bureau et me les tendit. C'était une lettre, écrite à la main.

Lettre à l'éditeur

Judith Touati est l'amie de ma fille Rachel. Judith m'ayant dit qu'un vague cousin de son petit ami entreprenait de raconter sa vie, j'ai été intriguée. Elle m'a apporté le manuscrit, en douce. Je l'ai lu, ça ne m'a pas amusée, figurez-vous.

Vous vous honoreriez d'enfouir ce manuscrit sous un amas quelconque, ou d'en caler un meuble branlant, il doit bien y en avoir dans une vieille maison comme la vôtre.

Ce texte est inadmissible.

D'abord, il est facile de renvoyer dos à dos les uns et les autres (tous les cagots [3]*, recrus de préjugés), pour l'amour de la symétrie ; mais juste-*

1. *Les Deux Orphelines* : drame de Dennery et Cormon (1874) ; *La Porteuse de pain* : roman-feuilleton mélodramatique de Xavier de Montépin (1884), deux ouvrages qui connurent à leur époque un prodigieux succès populaire. \ **2.** *Zil* : limousines d'apparat soviétiques. \ **3.** *Cagots* : faux dévots, hypocrites.

ment, il n'y a pas symétrie. Si je comprends bien, ce Touati père, on lui enlève sa fille unique ; sa femme étant morte en des temps préhistoriques, je veux dire avant cette histoire. Peut-il comprendre, ce narrateur froid, ce que cela signifie, lorsqu'on est minoritaire, *la perte d'une fille unique ? Il s'en moque, ce n'est pas son problème, semble-t-il. Au-dessus de la mêlée, c'est tellement confortable. Mais le monde ne commence pas avec Jamal et Judith, comme semble le croire ce narrateur perché ; pour moi, c'est un monde, le mien, qui meurt encore un peu. Pour moi, l'avenir n'est pas un médianoche orgiaque où tous les chats seraient gris, par métissage universel.* Qui *serions-nous ? Héritiers de toutes les traditions, d'aucune par conséquent, suiveurs des bouddhismes de Californie, amis de l'arbre et du souriceau, syncrétins*[1]*...*

Je me demande aussi pour qui ce monsieur écrit. Voici quelque temps que des frémissements pacifiques agitent – enfin ! – l'Orient proche ; est-ce le moment de rouvrir la boîte aux maléfices ? Ses « récits de la grande détestation », ne peut-il pas les confiner dans sa mémoire, si curieusement alerte pour tout ce qui grince ?

Mais tout cela n'est que prétexte. Je soupçonne ce narrateur, malgré l'intrusion tapageuse de la politique dans sa cacophonie – si commodes frères Benarroch... ils tombent vraiment à point, ou dois-je dire à poings *? – je le soupçonne de se foutre complètement du tiers comme du quart, de ne vouloir parler, au fond, que d'une chose : le Père.*

C'est une obsession.

– En voilà une qui arrive comme les carabiniers.

– Continuez de lire je vous prie.

Quant à Judith la princesse juive, qu'a-t-elle, justement, de juif ? Elle ne sait même pas qui était Anne Frank...

Et puis, qu'est-ce que c'est que cette jeune fille qu'on maintient dans un placard mais qui n'en est pas moins le gagne-brioche des deux ? Mais c'est un mac, mais c'est une gagneuse ! Ce n'est plus la rue de

---

1. *Syncrétins* : qui pratiquent le *syncrétisme*, mélange de doctrines philosophiques ou religieuses (terme créé par l'auteur).

Charonne, c'est Barbès qu'on nous sert là, les Corses en moins, de toute façon délogés par les Maghrébins. Tu parles d'une romance.

C'est du guignol. Les personnages sont des stéréotypes, l'auteur n'a pas l'élémentaire courtoisie de nous les décrire comme il convient...

– Là, elle a raison, intervient l'éditeur.

Je hausse les épaules. Si je disais que Judith était rousse aux yeux verts, qu'est-ce que cela prouverait, sinon que Gluard avait raison lorsque, ce jour où il la vit pour la première fois, il me fit la remarque qu'elle ressemblait davantage à une enfant de la verte Érin qu'à une fille de Sem [1] ? Poussé dans mes retranchements, s'il faut que je décrive Judith, je ne puis m'assurer que d'une chose : le minuscule du lobe de ses oreilles, et c'est probablement ce que je porterais à la rubrique *signes particuliers*, si je devais lui délivrer un passeport. Tout cela me déconcerte. Je rêve du jour où, la mise en fiches du génome humain enfin achevée, l'auteur pourra donner le signalement de ses personnages par une séquence d'ADN. Le lecteur n'aurait qu'à taper le code sur le clavier de son ordinateur et – hey presto ! – sur l'écran quinze pouces non interlacé [2], il verrait se dessiner l'exacte anatomie de la personne, ainsi qu'un menu : en cheveux, trois quarts, pleine peau, écorché... quel soulagement pour ceux qui, comme moi, sont hors d'état de se souvenir si la personne avec laquelle ils viennent de bavarder pendant un quart d'heure portait ou non des lunettes. Et puisque j'en suis à l'exposé de mes manques, autant avouer que je ne reconnais les gens que par les indices les plus ténus. Mina, par exemple, je n'accommode jamais sur son visage ou sur ses mains, c'est la fatigue colossale qui semble flotter autour d'elle comme un halo qui fait que je la distingue entre tous les passants lorsque, accoudé

1. *La verte Érin* : nom poétique de l'Irlande ; *Sem* : voir ci-dessus, note 1, p. 115. \ **2.** *Interlacé* : terme d'informatique transcrit directement de l'anglais ; le français dit *entrelacé*.

à la balustrade, je regarde couler le flot de la rue de Charonne. Jamal, je le reconnais par l'adjectif « impatient » qui l'enveloppe tout entier, et mon premier amour, je n'en ai jamais su décrire la victime autrement que par ces mots : *elle avait l'air triste.* On réclame Judith, eh bien, ce sont deux petits lobes parfaits qui prouvent Dieu mieux que l'argument ontologique[1] ; si on insiste, je révèle qu'à la station de métro Denfert-Rochereau, à Paris, le photomaton exhibe quatre fois sa photo – mais c'est quatre fois la même – car, badaud féminin le jour où l'on installa l'appareil, elle fut conviée à attester pour le restant des jours dudit appareil qu'on ne se moquait pas du client, que tout cela fonctionnait, ou, à tout le moins, que tout cela avait fonctionné un matin d'avril. Ce serait un jeu de piste, pour journée de désœuvrement : on irait à des stations de métro dispersées dans les marnes[2] du sous-sol parisien vérifier, d'un photomaton l'autre, l'accord de ses intuitions avec ce que ne dit pas le griot. « Tiens, le père, je le voyais plus trapu. Et la Judith, l'air moins sérieux. – Mais les lobes ? Il n'en a pas menti. » Puis on trouverait Jamal à la République, Abal-Khaïl sombre et fatigué à Barbès, Tarik à Notre-Dame.

Je reprends ma lecture.

Cette comparaison avec Anne Frank, j'y reviens, est odieuse. Odieuse ! Voilà une personne libre en plein milieu de Paris, et elle choisit de s'enfermer dans un placard ? Vous rendez-vous compte de l'analogie glaçante : ce sont les Juifs qui ont voulu l'Holocauste…

Ce qui m'amène à : quelle est la pensée politique de l'auteur ? Il se donne pour objectif (se donne-t-il, d'ailleurs ?), mais cette tolérance pour Gluard ? Mais cette histoire de tribunal militaire en Israël, cette histoire d'agora… ? On l'a payé, on lui a promis des places ?

1. *L'argument ontologique* : argument philosophique selon lequel Dieu existe nécessairement. Il a notamment été formulé par saint Thomas d'Aquin, au XIIIe siècle, et par Descartes dans les *Méditations métaphysiques* (1641). \ 2. *Marnes* : terres argileuses et calcaires.

Il ne tient pas ses rênes, tout s'écroule, restent les gravats. Viva gravats ?
Avec mes salutations critiques,

M. S.

Je ne savais que dire. L'éditeur reprit la lettre et la remit dans le dossier.

– Et Jamal ?

Chapitre 16

Et Jamal ?

Il y a quelques semaines, je suis retourné rue de Charonne. Abal-Khaïl m'a ouvert la porte. J'ai d'abord eu l'impression qu'il ne me reconnaissait pas ; puis j'ai compris qu'il regardait derrière moi, machinalement. Avant d'aller préparer le thé, il m'a dit, presque à voix basse :

– Tu pourras prendre la chambre de Jamal, il n'est pas là en ce moment.

Bien entendu, je me suis abstenu de poser la moindre question. Ce qui doit être dit est dit. Le reste est tu. On ne dérange pas le malheur qui somnole.

Nous buvons le thé, en silence. Sur la table gît un carré de papier blanc, froissé. Il me semble qu'il est à l'envers. On distingue quelques lignes courtes, tapées à la machine.

Je détourne les yeux.

Le téléphone sonne. Abal-Khaïl hausse les épaules et me fait signe de décrocher. C'est un service de la mairie, qui a besoin de renseignements pour je ne sais quel certificat. Me voici à discuter « mètres carrés » et « surface habitable » avec un fonctionnaire tatillon.

Mon regard s'accroche au morceau de papier. Même à l'envers, les lettres se laissent deviner, si l'on s'applique. Puis les mots prennent un sens. Je lis et je ne veux pas lire et je ne peux pas m'en empêcher. C'est un formulaire qui porte l'en-tête d'une maison d'arrêt de la région parisienne… fasciné, je déchiffre peu à peu chaque ligne, tout en continuant de parler au téléphone.

« Autorisation de visite »…

« Nom du détenu »… C'est celui de Jamal.

Suit une série de chiffres.

La dernière rubrique s'intitule « degré de parenté du visiteur », ou quelque chose comme ça.

En regard, tracées en majuscules maladroites, quatre lettres frêles et nettement séparées, dressées haut comme autant de signaux de détresse, quatre lettres qui me semblent soudain contenir tout le malheur du monde : *PÈRE.*

DOSSIER

Repères biographiques et culturels

Un écrivain engagé dans son époque

Fouad Laroui est né en 1958 à Oujda, au nord du Maroc. Une bourse lui permet de suivre une scolarité au sein de la Mission universitaire française et, après de brillantes études d'ingénieur à l'École nationale des ponts et chaussées à Paris, il revient au Maroc pour diriger une usine de phosphates à Khourigba, au sud de Casablanca. Mais ce poste ne le satisfait pas : il ne répond pas à son envie de voir le monde, si bien qu'il repart en Europe, où il reprend des études et obtient un doctorat en économie. Fouad Laroui vit aujourd'hui à Amsterdam.

UN « NOUVELLISTE QUI ÉCRIT DES ROMANS »

Les activités de Laroui sont nombreuses. Chercheur, enseignant, il se présente volontiers aussi comme journaliste : *L'Intelligent* et *Jeune Afrique* lui permettent d'exercer les fonctions de chroniqueur et de critique, afin de faire partager à de nombreux lecteurs « ses enthousiasmes et ses colères[1] ».

Mais le Fouad Laroui qui nous intéresse ici, le Fouad Laroui écrivain, se définit comme « un nouvelliste qui écrit des romans[2] ». Ce goût pour la

1. Fouad Laroui, « Le Maroc comme fiction », in « Écrivains du Maroc », *Le Magazine littéraire*, n° 375, avril 1999.
2. *Ibid.*

nouvelle ou le conte philosophique se retrouve en effet jusque dans des œuvres narratives d'envergure, souvent composées de tableaux rapides et denses, de portraits satiriques décapants.

C'est en 1996 que commence véritablement la carrière littéraire de l'auteur, lorsque les éditions Julliard acceptent de publier son premier roman, *Les Dents du topographe*, qui reçoit le prix Découverte Albert-Camus. Ce récit constitue pour le romancier le premier volume de ce qu'il définit lui-même comme une sorte de trilogie. Si *Les Dents du topographe* « a pour thème l'identité[1] », le roman suivant, *De quel amour blessé*, publié en 1998 et couronné par deux prix littéraires (le prix Beur FM et le prix Méditerranée des lycéens), « parle de tolérance[2] ». Un an plus tard, *Méfiez-vous des parachutistes* « parle de l'individu[3] » dans le Maroc d'aujourd'hui. Un quatrième roman, *La Fin tragique de Philomène Tralala*, paraît en 2003. Le dernier roman de Fouad Laroui, *La Femme la plus riche du Yorkshire* (2008), sort tout juste des presses. Le Fouad Laroui nouvelliste n'est pas en reste, qui publie en 2001 *Le Maboul (sur rendez-vous)* et en 2004 *Tu n'as rien compris à Hassan II*. Autre chose encore : il existe un Laroui poète, qui publie ses œuvres en... néerlandais.

UN ÉCRIVAIN À LA DOUBLE CULTURE

Fouad Laroui ne vit pas sa situation d'écrivain entre deux cultures comme une fatalité, comme la position inconfortable de celui qui se verrait assis entre deux chaises. Assumée, cette position lui permet de revendiquer une double adhésion à deux traditions culturelles différentes – et souvent, il faut bien le dire, opposées – et une double distance critique : un des leitmotive de son œuvre est en effet celui d'un regard qui se veut critique à la fois pour la société européenne et pour la société marocaine. De l'Occident européen, Laroui dénonce l'individualisme, les solitudes qu'il sait si bien fabriquer, mais il vante aussi la capacité à envisager l'homme

1. *Ibid.*
2. *Ibid.*
3. *Ibid.*

justement comme un individu unique, débarrassé des tutelles archaïques. Du Maroc, il sait voir la capacité à vivre une existence solidaire, les joies simples de la convivialité, mais dénonce l'impuissance à considérer l'être humain comme un individu libre : la « tare » de l'existence marocaine, aime à dire Laroui, c'est la promiscuité.

Une œuvre qui s'inscrit dans la tradition littéraire francophone

Dans un pays comme le Maroc où la moitié de la population est encore analphabète, où l'on s'exprime dans des langues régionales orales, seuls le français et l'arabe littéraire assurent à un écrivain une perspective d'avenir éditorial.

> L'utilisation du français et le fait d'être publié à Paris, écrit Laroui, lui ont donné [il parle de la génération d'écrivains marocains à laquelle il appartient] une grande liberté d'expression[1].

Mais cette jeune génération d'écrivains marocains ou, plus largement, maghrébins s'inscrit déjà dans une tradition d'auteurs francophones. Le plus célèbre de ces Marocains qui écrivent en français est bien sûr Tahar Ben Jelloun, né en 1944, l'auteur de *La Nuit sacrée* (prix Goncourt en 1987). Un peu moins connu mais tout aussi important, Driss Chraïbi, né en 1926, est notamment l'auteur de *Le Passé simple* (1953), *Les Boucs* (1956) et *L'Âne* (1958). Fouad Laroui, à côté de romanciers plus jeunes, tel Rachid O., né en 1979, semble assurer la relève en devenir d'une génération littéraire.

« DÉNICHER LA BÊTISE SOUS TOUTES SES FORMES »

Si Laroui sait moquer l'arrogance des Européens, sa vindicte, cependant, va davantage à son Maroc natal. Le romancier se définit volontiers comme un écrivain engagé :

1. Fouad Laroui, « Le Maroc comme fiction », *op. cit.*

> J'écris, dit-il dans un article souvent cité, pour dénoncer des situations qui me choquent. Pour dénicher la bêtise sous toutes ses formes. La méchanceté, la cruauté, le fanatisme, la sottise me révulsent. [...] Identité, tolérance, respect de l'individu : voilà trois valeurs qui m'intéressent parce qu'elles sont malmenées ou mal comprises dans nos pays du Maghreb et peut-être aussi ailleurs en Afrique et dans les pays arabes[1].

Cette bêtise et cette intolérance dénoncées par Laroui sont celles de traditions ou de régimes qui asservissent la femme, connaissent l'arbitraire et le fanatisme. Et Laroui de faire le portrait acide de policiers corrompus, de maris jaloux et violents, de jeunes hommes qui se réfugient dans la religion.

LE RIRE OU LA LIBERTÉ DU ROMAN

Nouvelliste et romancier dans une génération d'écrivains marocains francophones, Laroui se distingue cependant par la volonté de dénoncer son époque par le rire. Rire de la bêtise, du fanatisme, permet sans doute de les rendre supportables, mais constitue surtout une arme critique redoutable, et peut-être la seule qui vaille, face à des discours et à des attitudes qui portent la marque de l'aliénation. Une des convictions de Laroui est en effet que, face au fanatisme, il n'y a pas d'autre issue que le rire, la satire qui ridiculisent les discours les plus intolérants.

La dénonciation par l'humour et la satire s'inscrit dans une tradition, celle du roman qui, dès son origine, avec Rabelais notamment[2], conclut une alliance salvatrice avec le rire. C'est bien cette tradition satirique que l'auteur revendique, lorsqu'il se reconnaît pour maîtres « Voltaire, pour l'ironie et le sarcasme » et Diderot, « pour la liberté et le bonheur d'écrire ».

1. *Ibid.*

2. Pour François Rabelais (v. 1483-1553), l'auteur de *Pantagruel* et de *Gargantua*, « rire est le propre de l'homme ».

PISTES DE LECTURE ET EXERCICES

Une histoire simple, une structure narrative complexe

La structure narrative
Lors de l'étude d'un texte narratif, on distingue habituellement l'**histoire** de la **structure narrative** ou mise en intrigue de cette histoire. L'histoire, ce sont les événements qui ont eu lieu ; la structure narrative, c'est la façon dont la narration les agence et les raconte.

Une Juive, un Arabe, un jeune couple dont les amours sont empêchées par leur famille respective : l'histoire est simple, en effet. Mais c'est moins ce récit cadre que son traitement narratif élaboré qui réserve des surprises : aux traditionnels retours en arrière, destinés à raconter le commencement de cette relation impossible, s'ajoute une série de récits enchâssés, lorsque la narration est prise en charge par d'autres personnages que le narrateur initial. Et ce roman à tiroirs s'étoffe encore, dès lors que, utilisant le procédé de la mise en abyme, il nous présente une série de miroirs, dans lesquels la narration se regarde en train de s'écrire. Une histoire simple, donc, servie par une structure narrative complexe.

« Ariane, ma sœur ! De quel amour blessée... ». Est-ce donc vers la tragédie que Fouad Laroui veut nous mener, dans une œuvre qui, dès son titre, fait référence à l'une des tirades les plus fameuses du théâtre classique ? Sera-t-il question, ici, d'une histoire d'amour et de mort dont les protagonistes vont être broyés par la fatalité comme ils le sont dans la tragédie ? Les amours impossibles de l'Arabe Jamal et Judith la Juive nous offrent-elles une version actuelle, contemporaine, de *Roméo et Juliette* ? Ou bien la voie de la tragédie n'est-elle finalement qu'une fausse piste ?

En effet, œuvre à tiroirs, et à miroirs, *De quel amour blessé* se veut avant tout un récit qui nous conduit de Paris au Maroc et en revient, grâce à un narrateur, témoin privilégié de l'histoire et complice des principaux personnages, qui, comme il l'indique lui-même dans « Cette histoire se passe à Paris », nous livre une « simple chronique ». Cependant la structure de cette « chronique », très libre, n'est pas si évidente qu'il y paraît.

LA FAUSSE PISTE DE LA TRAGÉDIE

Nombreux sont les indices de la présence du théâtre dans le roman de Fouad Laroui. Le titre d'abord qui, comme nous venons de le voir, évoque un vers célèbre de Racine : « Ariane ma sœur ! De quel amour blessée, /Vous mourûtes aux bords où vous fûtes laissée ! » (*Phèdre*, I, 3). C'est Phèdre qui parle, et qui va tout à l'heure confier à sa nourrice Œnone son amour pour Hippolyte, son beau-fils.

La présentation des personnages

La présentation des personnages évoque elle aussi le théâtre. Après le titre, le livre s'ouvre en effet par une rubrique « Personnages », où les protagonistes sont présentés comme dans une pièce de théâtre, leur nom étant suivi d'une brève notice descriptive. En tête, viennent Jamal et Judith, les deux tourtereaux, destinés à s'aimer sans que leur amour puisse déboucher sur l'union matrimoniale.

Roméo et Juliette ?

Jamal et Judith, pour Roméo et Juliette ? Nous voici, semble-t-il, en présence d'une version moderne de la pièce de Shakespeare. Et c'est bien cette référence explicite qui court sur tout le roman. « Vous nous refaites le coup de Roméo et Juliette ? » dit Gluard au chapitre 6, à la lecture des premières pages du manuscrit composé par le narrateur. Le chapitre 12, quant à lui, fait référence, dès son ouverture, à une scène fameuse de la pièce du dramaturge anglais, en s'intitulant « La scène du balcon » (*Roméo et Juliette*, II, 2).

Mais, en dehors des références explicites que l'on vient d'évoquer, c'est bien évidemment le thème même de l'œuvre de Laroui qui oriente vers la tragédie. Jamal et Judith s'aiment mais leurs parents s'opposent à leur amour. Un Arabe et une Juive : les familles, unanimes, poussent les hauts cris. Aussi leur faut-il continuer à s'aimer en secret, faire mine de s'être quittés, tandis que la jeune fille a trouvé refuge, avec la complicité de la mère de Jamal, dans un placard de l'appartement du jeune premier.

Et pourtant cette piste de la tragédie va s'avérer fausse. Car c'est bien un roman, présenté comme « une simple chronique », qui nous est donné à lire.

UN ROMAN À TIROIRS : RETOURS EN ARRIÈRE ET RÉCITS ENCHÂSSÉS

Récit cadre et récits enchâssés

Dans un texte narratif, le **récit cadre** est celui qui rapporte l'histoire principale du livre. Les **retours en arrière** racontent les événements passés sans lesquels la situation présente des personnages nous paraîtrait moins claire. On parle de **récits enchâssés**, lorsque d'autres personnages que le narrateur principal prennent en charge une partie de la narration, composant des récits secondaires à l'intérieur du récit principal.

Les amours de Jamal et Judith ont pour cadre la rue de Charonne, dans le 19e arrondissement de Paris, l'un des quartiers les plus populaires de la capitale. C'est par l'évocation de ce quartier que s'ouvre le roman, sous la plume d'un narrateur qui, cousin de Jamal, se présente comme un témoin privilégié de l'histoire et parle à la première personne.

Lorsque s'ouvre le roman, l'histoire est achevée. C'est ce qui explique que la présentation du cadre du récit soit suivie d'une série de retours en arrière, destinés à nous livrer les clés de l'intrigue romanesque. Dans les deux premiers chapitres, nous suivons Jamal et le narrateur jusqu'au Maroc. Les deux jeunes gens vont voir Momo, le frère de Jamal, afin de prendre conseil auprès de lui. En vain.

Ce premier retour en arrière est suivi d'un autre, au chapitre 3, qui relate la rencontre des deux amoureux. C'est dans ce chapitre que prend place également la mise en scène de leurs amours clandestines, Judith se trouvant contrainte de se réfugier dans un placard la nuit, tandis que le jour elle travaille dans le quartier du Sentier.

L'intrigue rebondit au chapitre 4, lorsque fait irruption dans l'histoire un gêneur, dont il faudra se débarrasser, le cousin Tarik, venu du Maroc pour étudier à Paris. Auparavant, il avait fallu déjouer la vigilance d'Abal-Khaïl, le père de Jamal, qui, au chapitre 3, avait bien failli découvrir le pot aux roses. Un autre gêneur entre en scène au chapitre 6, le journaliste Gluard, par qui Abal-Khaïl apprendra que Jamal et Judith continuent à se voir, malgré l'interdiction paternelle. Le père, qui, au chapitre 12, passera ses nerfs en jetant par la fenêtre tout ce qui lui tombe sous la main, s'arrêtant seulement lorsqu'il entendra les cris poussés par Judith, réfugiée dans le placard. Mais ce n'est pas seulement la colère d'Abal-Khaïl que les protagonistes principaux devront affronter : au chapitre 11, en effet, le père de Judith enverra les frères Benarroch passer à tabac Jamal et son cousin narrateur. Et ce, avant que Jamal, dans un mouvement de rage, ne règle son compte à Gluard, lequel passera par la fenêtre de son domicile. Vient alors le dénouement : les amoureux, obligés de se séparer, retournent à leur triste destin. Voilà pour les principales étapes de l'intrigue.

Mais la structure du récit est plus complexe qu'il n'y paraît. D'abord, parce qu'à ces premiers tiroirs que constituent les retours en arrière s'en ajoutent d'autres : en effet des récits enchâssés prennent place aux chapitres 2, 5, 8 et 15 : le cousin Momo nous conte l'*Histoire du sultan et du scorpion* (chap. 2) ; le père de Jamal revient sur son histoire familiale dans les *Récits de la grande détestation* (chap. 5) ; Jamal lui-même, faisant office de narrateur relais, fait son autobiographie (chap. 8) ; enfin, une lectrice prend la plume dans une *Lettre à l'éditeur* (chap. 15). Autant de récits enchâssés, autant de tiroirs.

UN ROMAN À MIROIRS : LA MISE EN ABYME

> **La mise en abyme**
> La **mise en abyme** est un procédé littéraire qui consiste à placer, à l'intérieur du récit principal, un récit qui reprend plus ou moins fidèlement des actions ou des thèmes du récit principal. Dans une **pièce de théâtre**, les personnages assisteront ainsi à une représentation théâtrale qui aura pour thème l'intrigue qui les concerne. Dans un **roman**, on évoquera la rédaction de ce roman lui-même. Le récit est ainsi vu comme en miroir, en train de s'écrire.

Ensuite parce qu'aux retours en arrière et aux récits enchâssés s'ajoute un troisième procédé narratif : la mise en abyme, procédé classique du théâtre, auquel le roman peut lui aussi recourir[1]. Dans *De quel amour blessé*, Fouad Laroui raconte l'histoire des amours de Jamal et Judith mais aussi celle d'un narrateur en train, précisément, d'écrire cette histoire. Aux tiroirs s'ajoutent donc des miroirs, dans lesquels la narration se regarde, de façon parodique, en train de s'écrire. La parodie est évidente, dans la mesure où la mise en abyme nous présente un narrateur composant un roman de mauvaise qualité, qui ne parvient pas à échapper aux poncifs de l'amour.

Les principales étapes de ce procédé des miroirs se trouvent aux chapitres 6, 7, 13 bis et 15 : successivement, on découvre Gluard lisant les premières pages du roman composé par le narrateur (chap. 6), Jamal et Judith se penchant à leur tour sur ce début romanesque (chap. 7), une page de cette œuvre en miroir composée par le narrateur (chap. 13 bis) et le même narrateur en visite chez son éditeur, en train de discuter de son roman (chap. 15).

Il arrive donc aussi, dans *De quel amour blessé*, que les personnages interviennent dans le récit, pour donner leur avis sur la narration et le schéma narratif. C'est ainsi que Jamal demande au narrateur romancier de laisser tomber l'incipit qu'il a choisi et lui conseille de commencer par le séjour au Maroc et l'épisode de la rencontre des gendarmes. Au final, c'est

1. Un exemple célèbre de l'exploitation du procédé de la mise en abyme se trouve dans *Les Faux-Monnayeurs*, roman de l'écrivain français André Gide, publié en 1925.

d'ailleurs bien ainsi que commence le roman cadre. Autre liberté apportée par le procédé de la mise en abyme : les reniements, le retour sur un chapitre que l'on réécrit pour en modifier le contenu et la présentation d'un double épilogue, l'un contredisant l'autre.

VERS LA QUESTION D'ÉCRITURE : UN ROMAN À TIROIRS

Le recours aux récits enchâssés à l'intérieur du récit cadre et l'emploi du procédé de la mise en abyme permettent à l'auteur de convoquer certains genres et motifs littéraires pour se jouer de leurs conventions, notamment sur le registre parodique.

Voici deux extraits du roman de Fouad Laroui. Le premier, un récit enchâssé, prend place au chapitre 2 : le cousin Momo, retourné vivre au Maroc, rapporte l'histoire du sultan et du scorpion. Le second, qui occupe le début du chapitre 7, met en lumière le procédé de la mise en abyme : le narrateur présente à Jamal et à Judith les premières pages du roman qu'il est en train de composer sur leur histoire.

Après avoir lu ces deux extraits, vous répondrez aux questions posées.

TEXTE 1

De quel amour blessé, « Histoire du sultan et du scorpion »
« Il était une fois un sultan [...] ce n'est plus pour toi. »
→ p. 29-30 l. 145-169

TEXTE 2

De quel amour blessé, chapitre 7
« Quelques semaines plus tard [...] c'est quand même mieux. »
→ p. 77-79 l. 1-56

QUESTIONS

1. Retrouvez le (ou les) registre(s) de chacun des deux textes en appuyant votre réponse sur des exemples.

2. Retrouvez les caractéristiques du conte philosophique ou de la fable dans chaque texte.
3. Relevez la (ou les) thématique(s) dominante(s) dans chaque texte et identifiez les ressemblances et les différences entre les deux extraits.

Des personnages stéréotypés ?

« C'est du guignol. Les personnages sont des stéréotypes. » Cette affirmation se trouve au chapitre 15, dans la *Lettre à l'éditeur*, composée par une dame qui dit être la mère de Rachel, dont Judith est censée être une amie. Et comment ne pas répondre, avec l'éditeur : « Là, elle a raison » ? Les personnages du roman sont en effet des types, aisément reconnaissables, faciles à caractériser. Mais ce constat n'est pas une faiblesse du roman. Voulue par Laroui, cette caractérisation des personnages participe de sa vision d'auteur (voir ci-dessous, « Un roman sur la tolérance », p. 164). Nous avons bien affaire à du guignol : il s'agit, en somme, de faire rire, en laissant de côté la fausse piste de la tragédie et en prenant celle de la comédie ou du vaudeville. La plupart des protagonistes se présentent donc comme des caricatures : mais en va-t-il autrement dans la vie ? Qui d'entre nous, en effet, n'a pas rencontré un jour un Gluard, un monsieur Touati ou un Momo ?

Cependant, si la fonction narrative de la plupart des personnages est de participer à la mise en place d'une chronique comique, elle permet également d'orienter la lecture du roman vers la polémique. Roman comique, roman polémique, *De quel amour blessé* dresse un constat accablant : nous nous jouons la comédie de l'intolérance, de la haine, ancestrale ou politique. Trois personnages semblent toutefois échapper à cette règle : le narrateur, la mère de Jamal, et son père, Abal-Khaïl. Ce dernier, bien que pétri de préjugés, possède néanmoins une profondeur dont sont dénués la plupart des autres personnages.

DES PERSONNAGES DE COMÉDIE

La nomenclature des personnages, telle qu'elle apparaît dès la première page du livre, laisse déjà entendre à quel point les protagonistes du roman sont figés dans des types, à la manière de ceux d'une comédie.

Du côté des Arabes il y a d'abord **Jamal**, le « jeune Français d'origine maghrébine », avec sa langue mêlant des termes d'arabe populaire et de verlan, et « sa démarche caractéristique » : « Tout en lui semblait se balancer : les jambes légèrement fléchies, les épaules, la tête. Il était voûté et ses avant-bras, par un effet d'optique, pendaient jusqu'à mi-cuisse » (chap. 7). Le drame de Jamal, c'est que, à l'image de nombre des jeunes Maghrébins qu'il représente dans le roman, il se voit pris entre deux cultures, ne sachant pas s'il est français ou marocain et ne se sentant finalement ni l'un ni l'autre.

Mohamed, dit **Momo**, le frère de Jamal retourné au « bled », est une autre figure, encore plus accentuée, du Maghrébin englué dans un destin qu'il ne maîtrise pas. Caricature du Maghrébin délinquant, condamné pour vol de mobylette, Momo croit pouvoir refaire sa vie au Maroc. Mais le retour au pays l'enferme dans une autre caricature, celle de l'homme qui « mektoubise » à tout-va, plutôt que de réfléchir par lui-même et construire son propre destin. Son départ, dès lors, devient une fuite.

Tarik, le cousin, lui, fait le chemin en sens inverse. Sous prétexte de faire des études à Paris, il s'installe dans l'appartement des parents de Jamal. Présenté comme un « sale type », qu'« on ne gagne rien à connaître », il est la figure du « sinistre intégriste », qui condamne les jeux, l'alcool, la télévision, les jupes trop courtes des jeunes filles d'un « tsss... tsss... » caractéristique, censé chasser le diable. Dans le roman, c'est donc à Tarik qu'est attribué le rôle du Tartuffe[1]. Le narrateur précise qu'il a fait sa connaissance du temps qu'il était encore au Maroc, au milieu d'autres musulmans intégristes que le roman ne se prive pas d'écorner.

---

1. Tartuffe, le personnage de la comédie éponyme de Molière (1669), est un faux dévot, plus occupé à faire la cour à Elmire qu'à approfondir sa foi. Tarik, comme Tartuffe, veut imposer des préceptes moraux aux autres, sans pour autant se les appliquer à lui-même...

Toujours du côté arabe, se trouvent les **gendarmes marocains**, qu'on laisse au narrateur le soin de décrire : « Le gendarme marocain (*gendarmus marocanus vulgarus*) est un animal étrange, au pelage gris, qui arbore une moustache broussailleuse et une casquette réglementaire » (chap. 1). Description satirique qui présente le *gendarmus* comme un être corrompu, autoritaire, qui arrondit ses fins de mois en rançonnant le touriste qui passe.

La partie juive n'échappe pas non plus aux stéréotypes. **Judith**, la « fiancée » de Jamal, figure la jeune juive de milieu populaire, qui, lorsqu'elle cherche du travail, se retrouve dans le Sentier. Elle apparaît comme une jeune fille quelque peu mièvre et sentimentale, qui ne peut lire l'incipit du roman composé par le narrateur sans écraser une larme (chap. 7). Si elle est moins caractérisée que Jamal, Judith n'en est pas moins rattachée aux personnages de vaudeville, comme en atteste sa relégation dans un placard de l'appartement familial de son prétendant.

Le père de Judith, **M. Touati**, homme impulsif, rempli de préjugés à l'égard des Arabes musulmans, dont la sœur vit à Tel Aviv, est tout joyeux d'apprendre que **Salomon**, l'« alibi » qui sert à masquer les amours de Judith et Jamal, est un *cohanim*, un juif de haute lignée à qui il voudrait bien marier sa fille.

Mais le sommet de la caricature est atteint avec les **frères Benarroch**, les « cogneurs », surnommés « Bouboule, Grosso et Modo, mais pas en leur présence », ajoute le narrateur. Ces brutes sans cervelle, personnages de comédie burlesque ou de comédie policière, sont censés appartenir au Betar et avoir « fait leur service militaire dans les Territoires en pleine *intifada*. »

Entre les deux camps, le juif et l'arabe, se trouve **Gluard**, qui est présenté au chapitre 6 comme rédacteur en chef de *L'Instant*, titre dans lequel on reconnaît le journal d'extrême droite *Minute*. « Petit homme dodu et spongieux », Gluard est une caricature du Français xénophobe, pétri de contradictions : antisémite notoire – il fait lire à Abal-Khaïl le très ignoble *Protocole des sages de Sion* –, il a choisi pour cantine le restaurant du père de Jamal, car il adore le couscous, ce qui ne l'empêche pas de proférer devant le narrateur des injures racistes.

LE NARRATEUR, UN DOUBLE PARODIQUE DE L'AUTEUR ?

Contrairement à la plupart des personnages, le narrateur, témoin privilégié de l'histoire, est plutôt à son avantage dans le roman. À maints égards, il apparaît comme un double de l'auteur : la seconde partie du roman ne laisse aucun doute à ce sujet. En route pour Ahssen avec son cousin Jamal, le narrateur se révèle être un homme éduqué, capable de mobiliser des références littéraires – Edgar Poe ou Leconte de Lisle, dont quelques vers sont cités –, capable aussi de s'exprimer dans un langage soutenu où quelques mots rares fleurissent (le terme « scissiparité », chap. 1). Cet « intello », comme le qualifie Jamal, qui a fait des études poussées – il a d'abord été infirmier au pays –, apparaît comme une sorte d'antithèse de Jamal, qui s'exprime en verlan, à la manière des jeunes gens des quartiers populaires de Paris ou de sa banlieue.

Un parallèle entre la biographie de Fouad Laroui et les quelques indications qui nous sont données dès les premiers chapitres du roman, laisse apparaître de nombreuses ressemblances entre le narrateur et l'auteur. Comme Laroui, le narrateur a fait ses études au lycée français de Casablanca (« Du temps que j'étais interne au lycée de Casablanca », chap. 1) ; comme lui, il a continué ses études à Paris ; comme lui encore, il est né au Maroc et parle l'arabe, ce qui lui permet de dialoguer avec les gendarmes croisés sur les routes du pays, tandis que Jamal, en bon Français d'origine maghrébine, selon l'expression stéréotypée, né à Paris, ne connaît que le français.

Le narrateur est donc bien un prolongement de l'auteur, intellectuel à la double culture, exerçant un regard critique sur les personnages et l'histoire qu'ils vivent. Plus loin dans le récit, la parenté entre auteur et narrateur va s'accentuer : par exemple, nous apprendrons dans l'épilogue que ledit narrateur suit ou propose des séminaires d'économétrie, comme Laroui lui-même ; quant à la visite chez l'éditeur, au chapitre 15, elle ne laisse aucun doute sur le statut d'écrivain du narrateur.

Mais, curieusement, ou plutôt de façon ludique chez Laroui, c'est précisément dans son rôle d'écrivain que le narrateur se trouve en mauvaise posture. Au chapitre 6, on surprend Gluard à se moquer des premières pages de son roman : « *Un dimanche d'octobre, en fin de soirée... mmm... bla-bla-bla... Il arrive à la tombée de la nuit. Elle ouvre, pleine d'une joie enfantine...* Joie enfantine... Bonjour, les clichés ! » Le chapitre 13 bis sera plus impitoyable encore, qui révèle, avec la reproduction d'une page complète du roman du narrateur dans le roman de Laroui, les piètres qualités d'un style qui manque de naturel : « Encore cette antienne! le coupé-je. Comment peut-on parler de mal du siècle ? » Ailleurs, au chapitre 7, l'apprenti écrivain doit subir les sarcasmes de ses propres personnages qui s'offrent le luxe de lui suggérer un incipit très différent de celui qu'il avait imaginé.

LE PÈRE : LE « PERSONNAGE CLÉ » DU ROMAN

Parmi les personnages qui ont quelque envergure dans le roman, restent **Mina** et **Abal-Khaïl**, la mère et le père de Jamal. Dans un premier temps, ni l'un ni l'autre n'échappe aux stéréotypes, faisant montre des mêmes préjugés que ceux de M. Touati, le père de Judith. Ainsi, la mère s'offusque que son fils puisse rêver d'épouser une « jifa » et le père reprend à son compte les haines ancestrales qui opposent Juifs et Arabes. De façon symptomatique, Abal-Khaïl fait sienne l'idée d'un complot juif mondial. Dans un passage comique, lorsque le narrateur lui fait remarquer que les Anglais sont sans doute pour beaucoup dans les conflits qui divisent toujours les deux populations, il répond : « Il y a des Juifs chez les Anglais ? »

Cependant, chacun à sa façon, la mère et le père échappent à la caricature et sont pour ainsi dire sauvés, ramenés à leur humanité. Mina, parce que c'est à elle que l'on doit, sur le mode comique, le départ du sinistre Tarik ; parce qu'elle ferme les yeux sur les amours de son fils et que le narrateur la présente, dans le chapitre « Repentir », comme une victime, épuisée par le travail et les sacrifices qu'elle a faits pour ses enfants. Le père, surtout, autre et principale victime de cette histoire, dont le chapitre 5 énumère tout ce qu'il a perdu en émigrant en France : son nom, maltraité parce que sans cesse déformé ; la saveur des mots, parce qu'il parle une langue qu'il ne maîtrise pas ; la mémoire des lieux, parce qu'il vit dans une capitale qu'il ne connaît pas ; sa vie, enfin, parce que passée tout entière au travail.

Le dernier mot sur le père revient à la *Lettre à l'éditeur* évoquée plus haut : « Je soupçonne ce narrateur, dit l'épistolière, de se foutre complètement du tiers comme du quart, de ne vouloir parler que d'une chose : le Père. »

Passage clé sans doute que celui-là, qui trahit les intentions de Fouad Laroui, lequel perdit très tôt son propre père, disparu dans les prisons marocaines. Dans toute cette comédie, s'il y a une figure à sauver et à respecter, c'est la figure paternelle. Et ce n'est pas un hasard si les dernières paroles du roman sont celles-ci : « [...] quatre lettres qui me semblent soudain contenir tout le malheur du monde : PÈRE. »

VERS LE COMMENTAIRE : LA SATIRE DU RACISME ORDINAIRE

Le chapitre 6, qui introduit le personnage caricatural du journaliste Gluard, est l'occasion pour l'auteur, au-delà de la comédie qui se joue dans le roman, de faire une satire de ce que nous qualifierons de « racisme ordinaire ». Le texte suivant en dresse le portrait.

Après avoir lu ce texte, vous répondrez aux questions posées.

TEXTE 3

De quel amour blessé, chapitre 6
« Je connaissais l'animal [...] nous colonisez par le ventre, dites donc. »
→ p. 69-71 l. 2-62

QUESTIONS

1. Faites la fiche d'identité du texte (genre, registre, thème, visée de l'auteur).
2. Identifier les arguments du journaliste pour justifier son discours xénophobe.
3. À l'aide de vos réponses aux deux premières questions, vous identifierez et ordonnerez les axes de lecture du texte.

Un roman sur la tolérance

Fausse piste, disions-nous plus haut, que d'évoquer la tragédie pour caractériser *De quel amour blessé*, dans la mesure où l'intrigue tourne rapidement à la comédie. Mais il n'en reste pas moins que la piste est tracée, et que le roman se présente, d'une certaine manière, comme une réécriture contemporaine, et parodique, des amours de Roméo et Juliette. Cependant, nous l'avons vu, là n'est pas l'essentiel : la parodie et la satire servent en effet à dénoncer toutes les formes de haine, tels que le racisme et l'antisémitisme.

Mais il y a davantage encore dans ce court roman. Sans complaisance pour les deux parties, peut-être s'agit-il, pour Laroui, de poser des questions : l'immigration n'a-t-elle pas abouti à forger d'un côté des pères impuissants, et de l'autre des enfants qui ont du mal à assumer leur destin français ? Par ailleurs, dans les pays d'origine des immigrés, n'a-t-on pas parfois tendance à se réfugier dans le passé, à asseoir la vie sur des traditions immuables, stériles pour l'être individuel ?

DES AMANTS DE PEU D'ENVERGURE

Que la thématique amoureuse tienne une place non négligeable dans l'entreprise romanesque de l'auteur, en témoigne le chapitre 9 du livre, justement intitulé « L'amour ». Ce chapitre se présente comme une sorte d'intermède, de court essai où sont évoquées les différentes traditions philosophiques et littéraires qui font autorité sur la question. Platon y trône, du côté des philosophes, tandis que, du côté de la littérature, la tradition des troubadours, de l'amour courtois, les figures d'Abélard et Héloïse, de Tristan et Iseult, mais aussi de Majnûn et Laïla, les amants mythiques de la tradition arabe – qui ont bien des points communs avec les Pyrame et Thisbé grecs – font leur apparition.

La plupart de ces figures ont en commun de présenter, à l'image de celles de Roméo et Juliette, la passion amoureuse comme une relation impossible, destinée à échouer. Et c'est bien sur ce constat que le chapitre 9 semble s'achever – même s'il conclut également à l'impossibilité de savoir ce qu'est au juste l'amour, le dernier mot étant laissé au philosophe

Wittgenstein, à travers une citation : « Ce dont on ne peut parler, il faut le taire. »

Échec du discours sur l'amour, donc, mais échec aussi de la transposition fidèle et contemporaine de cet amour-passion tentée par le narrateur dans son roman. Et ce qu'on ne peut copier, semble nous dire Laroui, il faut le parodier.

Nous revoici donc en présence de Jamal et Judith et de leur amour de peu d'envergure. La scène de leur première rencontre, on l'a vu plus haut, est une réplique grotesque et vulgaire de celle des amants shakespeariens. Quant à leurs ambitions, quelles sont-elles ? À en croire le chapitre 14, qui sert de premier épilogue, les amoureux rêvent d'une vie stéréotypée à l'américaine : belle voiture, belle maison et beau bébé prénommé George Washington, si c'est un garçon, ou Ruth Sharon, si c'est une fille, en souvenir de la rue de Charonne.

Mais il y a pire encore. Il y a « la vérité », telle que l'énonce le second épilogue, qui vient annuler le premier : « La vérité, monsieur, la voici : Abderrahmane et Céline se sont séparés, vaincus par l'hostilité de leur famille. » La réalité est bien décevante, à la hauteur de Jamal et Judith dont on pourrait dire que, loin d'être des amants héroïques, ils ne sont, au bout du compte, que des petites frappes de l'amour.

LA SATIRE DE TOUTES LES HAINES ORDINAIRES

L'essentiel, donc, est plutôt ailleurs. On a vu plus haut (p. 149) que *De quel amour blessé*, entre *Les Dents du topographe* et *Méfiez-vous des parachutistes*, constitue, pour Laroui, le deuxième volet d'une sorte de trilogie. Après un roman sur l'identité, et avant un autre sur l'individu, l'auteur voulait, avec *De quel amour blessé*, faire un roman sur la tolérance.

L'évocation des amours impossibles entre une Juive et un Arabe est bien une tentative de prôner la tolérance, de mettre à distance la haine atavique, ancestrale, qui oppose les deux peuples sémites. L'échec, on le voit dans le roman, tient davantage à la génération des pères qu'à celle des enfants qui, eux, vivent en bonne entente dans le quartier populaire de la rue de

Charonne, sans tenir compte des ethnies ou de la religion. C'est dans les yeux des parents que Judith est une « jifa » et Jamal un Arabe.

Mais si la haine entre Juifs et Arabes est le premier volet de la satire de toutes les haines entreprise dans le roman, le second volet en est celui de cette haine ordinaire qu'est le racisme à l'occidentale, tel qu'il est représenté par la figure de Gluard, dont le nom même dit l'indignité.

Cependant, fidèle au leitmotiv de son œuvre, qui est de jeter un regard critique à la fois sur la société européenne et sur la société marocaine, Laroui n'épargne pas non plus l'autre côté de la Méditerranée : le pendant de Gluard, au Maroc, est incarné par Tarik et ses compères, qui utilisent le Coran à des fins politiques et haineuses, fustigeant tous les divertissements et tous les plaisirs de la vie.

À cet égard, c'est peut-être dans le chapitre où le cousin marocain est évoqué (chap. 4) que le narrateur se révèle le plus proche de l'auteur Laroui. Une des attaques constantes du romancier à l'encontre de Tarik et de ses compagnons vise à leur reprocher leur interprétation littérale du Coran, accompagnée d'un choix de hadiths[1] qui vont uniquement dans le sens qui leur convient. Dans le chapitre 4, Tarik cite un passage célèbre du Coran qui interdit le vin et le jeu. Plus loin, il évoque des autorités religieuses qui interdisent la musique. Mais le narrateur, comme le fait souvent Laroui – par exemple dans son essai *De l'islamisme* (voir Bibliographie) –, montre que, si l'on veut, on peut trouver des hadiths qui contredisent l'interprétation menant à l'interdiction de la musique : « La voix de David était extrêmement belle, mélodieuse, ensorcelante » (chap. 4).

CHRONIQUE D'UNE IMMIGRATION AVORTÉE

Ce double regard, qui s'en prend aussi bien aux petitesses des Européens qu'à celles des Marocains, est également posé sur une autre thématique importante du roman, celle qui évoque la place des immigrés maghrébins en France.

1. *Hadiths* : voir ci-dessus, note 3, p. 54.

Ainsi, les portraits de Momo et de Jamal présentent les deux personnages à la fois comme des victimes et comme des individus ayant consenti à leur victimisation. Victimes, Momo et Jamal le sont, dans la mesure où la société dans laquelle ils vivent leur renvoie au visage un statut toujours provisoire de jeunes gens pris entre deux cultures. Le chapitre 2, centré sur Momo, est à cet égard exemplaire, qui évoque le parcours de ce que le narrateur nomme une « dislocation ».

C'est d'abord, porté sur lui par un passant, « un regard haineux ou un geste inutilement craintif » qui lui fait un jour « soupçonner l'existence d'un mur invisible entre « eux » et lui, « eux » renvoyant aux Français de souche. C'est ensuite un match de football, dans lequel deux camps se créent spontanément, celui des « Français » et celui des « Maghrébins ». Alors commence à naître le « ressentiment », qui devient une habitude. Puis se met en place un parcours typique, bien décrit par les sociologues : le Français d'origine maghrébine, comme on dit, se tourne vers des « racines » dont il ignore tout, puisqu'il est né en France : la religion musulmane et la langue arabe. Tel est le parcours de Momo, qui se poursuit dans la délinquance et se conclut par l'exclusion et l'échec.

Le parcours de Jamal est quasi similaire. Pris entre deux cultures, d'un côté il est français pour les gendarmes marocains qu'il côtoie au chapitre 2, donc un étranger, lui qui ne parle même pas l'arabe ; de l'autre, il est maghrébin pour les « Français » qui l'identifient à ses prétendues origines. Et son parcours rejoint bien celui de son frère Momo, puisqu'au dernier chapitre du roman nous retrouvons Jamal incarcéré dans « une maison d'arrêt de la région parisienne ».

Mais, sur ces victimes, le narrateur et l'auteur ne s'apitoient pas : Momo apparaît comme un être incapable d'assumer son statut d'individu et qui, retourné au pays, « mektoubise » au lieu de raisonner ; Jamal est présenté comme un être plutôt fruste, à qui sa démarche et sa façon de parler confèrent l'allure caricaturale d'un jeune des cités. Quant au travail, il l'ignore et et semble refuser de s'assumer grâce à lui. Face au narrateur qui incarne l'émigré ayant réussi par le biais des études, il fait figure de simple désœuvré. Reste le père, Abal-Khaïl (voir ci-dessus, Les personnages, p. 162). Avec son épouse Mina, il est peut-être la seule véritable victime dans le roman, lui qui a tout perdu en franchissant la Méditerranée et dont l'autorité méprisée, l'incapacité à se présenter comme un modèle face à son fils Jamal, ne peuvent endiguer la dérive des jeunes de la seconde génération d'immigrés.

Mais, rappelons-le une fois encore, dans *De quel amour blessé*, les notes sombres sont toujours placées sous le haut patronage du rire. Car, pour Laroui, qui a fait sienne la devise de Beaumarchais : « Je me presse de rire de tout, de peur d'être obligé d'en pleurer » (*Le Barbier de Séville*, I, 2), tout discours grave doit passer, grâce au crible de la parodie et de la satire, par la liberté et le bonheur d'écrire.

Laroui est bien une sorte de Voltaire ou de Diderot marocain : Voltaire, par l'ironie et la vision sarcastique du racisme et du fanatisme ; Diderot, par la liberté qu'il prend avec les conventions du roman, explorant toutes sortes de genres, depuis la fable, le conte, la nouvelle réaliste, jusqu'à l'essai philosophique, essayant une piste puis se rétractant pour s'engager dans une autre.

VERS LA DISSERTATION

Dans *Le Barbier de Séville* (I, 2), Figaro, le valet du comte Almaviva, affirme : « Je me presse de rire de tout, de peur d'être obligé d'en pleurer. » Pensez-vous que la mission de la littérature soit de faire rire de tout ?

QUESTIONS

1. Quels sont les mots clés du sujet proposé et quelle thèse défend-il ?
2. Quels arguments pourriez-vous avancer pour réfuter cette thèse ?
3. Quels exemples pourriez-vous donner pour étayer ces arguments ?

OBJECTIF BAC

SUJET D'ÉCRIT 1 Père et fils, blessures d'amour mal guéries

Objets d'étude : Le roman et ses personnages, visions de l'homme et du monde • L'autobiographie

DOCUMENTS

A. **Évangile selon saint Luc, parabole du Fils prodigue**, Lc 15, 11-32 (traduction Louis Segond).

B. JEAN-BAPTISTE GREUZE (1725-1805), ***La Malédiction paternelle, le fils ingrat*** (XVIIIe siècle), huile sur toile, 1,3 x 1,62 m, Paris, musée du Louvre. Ph © René-Gabriel Ojéda/RMN.

C. DRISS CHRAÏBI, ***Le Passé simple*** (1953), chapitre 3, © Éditions Denoël, 1977.

D. JEAN-PAUL SARTRE, ***Les Mots*** (1964), © Éditions Gallimard.

E. FOUAD LAROUI, ***De quel amour blessé*** (1998) « Chapitre clandestin ».

DOCUMENT A

Évangile selon saint Luc, parabole du Fils prodigue, Lc 15, 11-32.

15.11
Il dit encore : Un homme avait deux fils.
15.12
Le plus jeune dit à son père : Mon père, donne-moi la part de bien qui doit me revenir. Et le père leur partagea son bien.
15.13
Peu de jours après, le plus jeune fils, ayant tout ramassé, partit pour un pays éloigné, où il dissipa son bien en vivant dans la débauche.
15.14
Lorsqu'il eut tout dépensé, une grande famine survint dans ce pays, et il commença à se trouver dans le besoin.
15.15
Il alla se mettre au service d'un des habitants du pays, qui l'envoya dans ses champs garder les pourceaux.
15.16
Il aurait bien voulu se rassasier des carouges[1] que mangeaient les pourceaux, mais personne ne lui en donnait.
15.17
Étant rentré en lui-même, il se dit : Combien de mercenaires chez mon père ont du pain en abondance, et moi, ici, je meurs de faim !
15.18
Je me lèverai, j'irai vers mon père, et je lui dirai : Mon père, j'ai péché contre le ciel et contre toi,
15.19
je ne suis plus digne d'être appelé ton fils ; traite-moi comme l'un de tes mercenaires.
15.20
Et il se leva, et alla vers son père. Comme il était encore loin, son père le vit et fut ému de compassion, il courut se jeter à son cou et le baisa.
15.21
Le fils lui dit : Mon père, j'ai péché contre le ciel et contre toi, je ne suis plus digne d'être appelé ton fils.

1. *Carouges* (ou *caroubes*) : fruits du caroubier, gousses renfermant une pulpe sucrée dont on fait des confitures ou de la liqueur.

15.22
Mais le père dit à ses serviteurs : Apportez vite la plus belle robe, et l'en revêtez ; mettez-lui un anneau au doigt, et des souliers aux pieds.

15.23
Amenez le veau gras, et tuez-le. Mangeons et réjouissons-nous ;

15.24
car mon fils que voici était mort, et il est revenu à la vie ; il était perdu, et il est retrouvé. Et ils commencèrent à se réjouir.

15.25
Or, le fils aîné était dans les champs. Lorsqu'il revint et approcha de la maison, il entendit la musique et les danses.

15.26
Il appela un des serviteurs, et lui demanda ce que c'était.

15.27
Ce serviteur lui dit : Ton frère est de retour, et, parce qu'il l'a retrouvé en bonne santé, ton père a tué le veau gras.

15.28
Il se mit en colère, et ne voulut pas entrer. Son père sortit, et le pria d'entrer.

15.29
Mais il répondit à son père : Voici, il y a tant d'années que je te sers, sans avoir jamais transgressé tes ordres, et jamais tu ne m'as donné un chevreau pour que je me réjouisse avec mes amis.

15.30
Et quand ton fils est arrivé, celui qui a mangé ton bien avec des prostituées, c'est pour lui que tu as tué le veau gras !

15.31
Mon enfant, lui dit le père, tu es toujours avec moi, et tout ce que j'ai est à toi ;

15.32
mais il fallait bien s'égayer et se réjouir, parce que ton frère que voici était mort et qu'il est revenu à la vie, parce qu'il était perdu et qu'il est retrouvé.

DOCUMENT B

JEAN-BAPTISTE GREUZE (1725-1805), ***La Malédiction paternelle, le fils ingrat*** (XVIIIe siècle). Paris, Musée du Louvre. Ph © René-Gabriel Ojéda/RMN.

DOCUMENT C

DRISS CHRAÏBI, ***Le Passé simple*** (1953), chapitre 3, © Éditions Denöel.

Le héros du Passé simple *est un jeune Marocain qui, formé à l'école française, s'oppose au pouvoir patriarcal d'un père, maître absolu chez lui, face à une épouse incarnant la soumission et la douceur. L'un des sommets du roman est cette scène de dispute entre le jeune homme et son « Seigneur », qui va aboutir à la malédiction paternelle.*

– Reste moi, conclus-je. Parce que toute cette comédie s'adresse à moi. Le plus sensible, le plus violent de vos enfants, Seigneur.

Il me regardait. De sa tête couverte de salive et de glaire[1], seuls les yeux étaient restés intacts. Ils me regardaient d'un ton qui était le renoncement.

– Celui que vous avez instruit, à qui vous réservez la jouissance d'un autre monde – et votre sceptre et votre couronne. Nous devinons en toi une explosion prochaine, disiez-vous l'autre soir. Et vous souhaitiez que cette explosion ne fût pour moi qu'une cause de transformation susceptible de faire de moi un homme moderne et surtout heureux. Vais-je cracher, moi aussi ? Vous me regardez et vous vous dites : il ne crachera pas. Il va pourtant le faire, Seigneur. Et, parce que je ne suis pas méchant, je vise les yeux.

Je crachai, il se leva, bouscula ma mère, me repoussa violemment.

– À nous deux, maintenant ! Au début de cette altercation, nous avions dit : sors. Sors !

Soixante-trois ampoules électriques s'éteignirent.

– Si je sors, ce sera pour ne plus revenir.

– Nous espérons bien. Sors d'abord.

La porte monumentale claqua derrière nous. Les portes du passé doivent claquer ainsi.

– Et je ne garderai du passé que la haine.

– Mieux que cela, la malédiction.

Il tourna le commutateur. Le patio s'emplit de ténèbres. Nous nous mîmes à descendre les marches de béton, moi à reculons, lui agitant les bras et me précipitant d'une marche à l'autre. Je sentais mon coeur battre la chamade. Je souriais.

– Tu sortiras maudit. Tu croyais triompher et nous aplatir et nous dicter des conditions. Nous ne pouvons t'exprimer quel dégoût est le nôtre. Tu étais dans notre cœur, dans notre sang et dans notre cerveau le préféré de nos enfants.

– Vos yeux coulent : pleurs ou salive ?

– Mais, comme chante le poète, il n'est pas mauvais de savoir quels grains donner à chaque volatile de tous les volatiles créés par

1. *Glaire* : matière visqueuse secrétée par certaines muqueuses.

Dieu. Nous te donnions notre confiance et notre amour. Nous ne savons même pas si, à présent, tu mérites notre mépris. Tu n'ignorais pas pourtant que ton avenir était plus précieux que l'or et quelle situation enviable parmi toutes tu as perdue. Tu t'es révolté ? Sois heureux comme les rats dans l'égout, car ta vie n'est pas autre chose, maintenant.

Nous longions le corridor. Il éteignit la lampe de l'escalier.

– Parlez-moi de votre ruine.

– Tu étais un être béni, tu avais tout à attendre de l'avenir. Tu n'es plus notre fils et nous ne sommes plus ton père. Ne pense jamais à nous ni à tes frères. Tu es notre honte à tous. Ne murmure jamais en toi-même le nom de ta mère qui t'aime dévotement, nous le savons, et qui, frappée du même chagrin que nous…

Il ouvrit la porte d'entrée. Et se croisa les bras. J'aperçus ses yeux dans la pénombre. Ils étaient flamboyants.

… – te maudit autant de fois qu'il existe de feuilles dans tous les arbres et les arbustes du monde, autant de fois qu'il existe de grains de sable sur toutes les plages et dans tous les déserts, partout où il y a du sable, autant de fois qu'il existe des poissons dans toutes les rivières, dans tous les fleuves, dans toutes les mers, dans tous les océans du globe. Nous te maudissons tous au nom du Seigneur très haut et très puissant, Père de la bonté et du châtiment. Amen ! Salut !

La porte en se refermant heurta mon dos. Je dégringolai le perron. Et, distinctement, j'entendis le Seigneur conclure :

– Aujourd'hui, nous avons enterré deux de nos enfants [1]. Misère est notre misère et périssables sont nos corps !

1. L'altercation entre le père, Fatmi Ferdi, et son fils, Driss, a lieu le jour de l'enterrement d'un autre fils, Hamid.

DOCUMENT D

JEAN-PAUL SARTRE, ***Les Mots*** (1964), © Éditions Gallimard.

Il n'y a pas de bon père, c'est la règle ; qu'on n'en tienne pas grief aux hommes mais au lien de paternité qui est pourri. Faire des enfants, rien de mieux ; en avoir, quelle iniquité ! Eût-il vécu, mon père se fût couché sur moi de tout son long et m'eût écrasé. Par chance, il est mort en bas âge ; au milieu des Énées qui portent sur le dos leurs Anchises[1], je passe d'une rive à l'autre, seul et détestant ces géniteurs invisibles à cheval sur leurs fils pour toute la vie ; j'ai laissé derrière moi un jeune mort qui n'eut pas le temps d'être mon père et qui pourrait être, aujourd'hui, mon fils. Fut-ce un mal ou un bien ? Je ne sais ; mais je souscris volontiers au verdict d'un éminent psychanalyste : je n'ai pas de Sur-moi.

Ce n'est pas tout de mourir ; il faut mourir à temps. Plus tard, je me fusse senti coupable ; un orphelin conscient se donne tort : offusqués par sa vue, ses parents se sont retirés dans leurs appartements du ciel. Moi, j'étais ravi : ma triste condition imposait le respect, fondait mon importance ; je comptais mon deuil au nombre de mes vertus. Mon père avait eu la galanterie de mourir à ses torts : ma grand-mère répétait qu'il s'était dérobé à ses devoirs ; mon grand-père, justement fier de la longévité Schweitzer[2], n'admettait pas qu'on disparût à trente ans ; à la lumière de ce décès suspect, il en vint à douter que son gendre eût jamais existé et, pour finir, il l'oublia. Je n'eus même pas à l'oublier : en filant à l'anglaise, Jean-Baptiste[3] m'avait refusé le plaisir de faire sa connaissance. Aujourd'hui encore, je m'étonne du peu que je sais sur lui. Il a aimé, pourtant, il a voulu vivre, il s'est vu mourir ; cela suffit pour faire tout un homme. Mais de cet homme-là, personne, dans ma famille, n'a su me rendre curieux. Pendant plusieurs années, j'ai pu voir, au-dessus de mon lit, le portrait d'un petit officier aux yeux candides, au crâne

1. *Leurs Anchises* : lors du sac de Troie, Énée arracha son père Anchise à l'incendie et au massacre, et s'échappa de la ville en le portant sur ses épaules.
2. *Schweitzer* : nom des grands-parents maternels de Sartre.
3. *Jean-Baptiste* : prénom du père de Sartre.

rond et dégarni, avec de fortes moustaches : quand ma mère s'est remariée, le portrait a disparu. Plus tard, j'ai hérité de livres qui lui avaient appartenu : un ouvrage de Le Dantec sur l'avenir de la science, un autre de Weber, intitulé : *Vers le positivisme par l'idéalisme absolu.* Il avait de mauvaises lectures comme tous ses contemporains. Dans les marges, j'ai découvert des griffonnages indéchiffrables, signes morts d'une petite illumination qui fut vivante et dansante aux environs de ma naissance. J'ai vendu les livres : ce défunt me concernait si peu. Je le connais par ouï-dire, comme le Masque de fer ou le chevalier d'Éon[1] et ce que je sais de lui ne se rapporte jamais à moi : s'il m'a aimé, s'il m'a pris dans ses bras, s'il a tourné vers son fils ses yeux clairs, aujourd'hui mangés, personne n'en a gardé mémoire ; ce sont des peines d'amour perdues. Ce père n'est pas même une ombre, pas même un regard : nous avons pesé quelque temps, lui et moi, sur la même terre, voilà tout.

DOCUMENT E

FOUAD LAROUI, ***De quel amour blessé*** (1998), Chapitre clandestin.
➡ p. 94-96 l. 1-75

QUESTIONS SUR LE CORPUS

1. À quels genres littéraires appartiennent les documents A, C, D et E ? Relevez dans chaque texte les indices qui le montrent.
2. Expliquez de quelle manière chacun des textes proposés peut justifier le titre choisi pour le corpus.

TRAVAUX D'ÉCRITURE

Commentaire

Vous commenterez l'extrait des *Mots* de Jean-Paul Sartre (document D) en vous appuyant sur le parcours de lecture suivant :

1. *Le Masque de fer* : mystérieux prisonnier masqué enfermé à la Bastille à la fin du XVIIe siècle, dont l'identité est restée inconnue ; *le chevalier d'Éon* : agent secret français du XVIIIe siècle, resté célèbre parce qu'il portait des vêtements de femme.

1. L'image d'un père écrasant.
2. Une indifférence et une dérision feintes.

Dissertation

« Familles, je vous hais ! », écrivait André Gide dans *Les Nourritures terrestres* (1897). Pensez-vous que les enfants doivent inévitablement se montrer ingrats envers leurs parents et que la littérature puisse être un moyen adéquat pour exprimer le conflit des générations ? Vous répondrez à ces questions de façon organisée, en appuyant vos propos sur des exemples précis, tirés des textes du corpus, des lectures faites en classe et de votre culture personnelle.

Écriture d'invention

Le tableau de Greuze est inspiré de la parabole évangélique du Fils prodigue. Dans le tableau, le père maudit le fils qui part embrasser la carrière militaire, abandonnant ainsi sa famille, alors qu'il devrait être son soutien. Vous imaginerez le discours que le père tient au fils, en vous inspirant de celui tenu par le père dans l'extrait du roman de Driss Chraïbi (document C).
Vous rédigerez un texte de trente lignes au minimum.

JET D'ÉCRIT 2 La passion amoureuse et ses variations littéraires

Objets d'étude : Les réécritures • La poésie • Genres et registres

DOCUMENTS

A. Cantique des cantiques, chapitre 5 (traduction Louis Segond).
B. ***L'Amour poème, Majnûn*** (1995), traduction André Miquel, © Actes Sud.
C. Albert Cohen, ***Belle du Seigneur***, © Éditions Gallimard, 1968.
D. Fouad Laroui, ***De quel amour blessé***, Épilogue.
E. Fouad Laroui, ***De quel amour blessé***, Annulation de l'épilogue.

DOCUMENT A

Cantique des cantiques, chapitre 5.

1 J'entre dans mon jardin, ma sœur, ma fiancée, je cueille ma myrrhe[1] avec mes aromates, je mange mon rayon de miel avec mon miel, je bois mon vin avec mon lait. Mangez, amis, buvez, enivrez-vous d'amour !

2 J'étais endormie, mais mon coeur veillait… C'est la voix de mon bien-aimé, qui frappe : Ouvre-moi, ma sœur, mon amie, ma colombe, ma parfaite ! Car ma tête est couverte de rosée, mes boucles sont pleines des gouttes de la nuit.

3 – J'ai ôté ma tunique ; comment la remettrais-je ? J'ai lavé mes pieds ; comment les salirais-je ?

4 Mon bien-aimé a passé la main par la fenêtre ; et mes entrailles se sont émues pour lui.

5 Je me suis levée pour ouvrir à mon bien-aimé, et de mes mains a dégoutté la myrrhe, de mes doigts, la myrrhe répandue sur la poignée du verrou.

6 J'ai ouvert à mon bien-aimé ; mais mon bien-aimé s'en était allé, il avait disparu. J'étais hors de moi, quand il me parlait. Je l'ai cherché, et je ne l'ai point trouvé ; je l'ai appelé, et il ne m'a point répondu.

7 Les gardes qui font la ronde dans la ville m'ont rencontrée ; ils m'ont frappée, ils m'ont blessée ; ils m'ont enlevé mon voile, les gardes des murs.

8 Je vous en conjure, filles de Jérusalem, si vous trouvez mon bien-aimé, que lui direz-vous ?… Que je suis malade d'amour.

9 – Qu'a ton bien-aimé de plus qu'un autre, ô la plus belle des femmes ? Qu'a ton bien-aimé de plus qu'un autre, pour que tu nous conjures ainsi ?

10 – Mon bien-aimé est blanc et vermeil ; il se distingue entre dix mille.

11 Sa tête est de l'or pur ; ses boucles sont flottantes, noires comme le corbeau.

---

1. *Myrrhe* : résine aromatique produite par un arbuste, le balsamier.

12 Ses yeux sont comme des colombes au bord des ruisseaux, se baignant dans le lait, reposant au sein de l'abondance.

13 Ses joues sont comme un parterre d'aromates, une couche de plantes odorantes ; ses lèvres sont des lis, d'où découle la myrrhe.

14 Ses mains sont des anneaux d'or, garnis de chrysolithes[1] ; son corps est de l'ivoire poli, couvert de saphirs.

15 Ses jambes sont des colonnes de marbre blanc, posées sur des bases d'or pur. Son aspect est comme le Liban, distingué comme les cèdres.

16 Son palais n'est que douceur, et toute sa personne est pleine de charme. Tel est mon bien-aimé, tel est mon ami, filles de Jérusalem !

DOCUMENT B

L'Amour poème, Majnûn (1995), © Actes Sud.

Que la nuit recommence ou que la nuit s'achève,
Je rêve d'une vierge brillant d'un pur éclat,
Bien droite, épanouie, aux membres pleins de sève,
Flancs minces, gorge ferme et mesurant son pas
À celui des chevaux sur une terre épaisse.
Son cou est un vrai cou de gazelle au désert,
Son œil rappelle l'œil immense des bufflesses.
Pour un tiers, tout en bas, robuste comme fer
Quand son éclat jaillit sous l'outil dévorant,
La voici, au-dessus, dune de sable, et puis,
Pour l'ultime tiers, en haut, branches et fruits,
Grappes nourries de sucs onctueux, odorants.
Ses regards m'ont traqué, visé au cœur, victoire
Trop facile : à leurs traits on échappe si peu !
Elle sème en mon cœur l'amour, puis lui fait boire
De cette eau du désir qui dort dans ses grands yeux.

1. *Chrysolithes* : pierres précieuses de teinte dorée.

Ce pauvre cœur, tu sais si bien où le frapper,
Ô toi, la flèche souple, et fine, et déliée,
Tout empennée[1] de fards, de grâces langoureuses !
Eh ! Quoi, elle pourrait, la belle ensorceleuse,
D'un amant voir couler le sang, impunément,
Sans en payer le prix, sans juste châtiment,
Assassinant qui la chérit, par pur caprice !
L'amour se règle-t-il, Seigneur, sur l'injustice ?

DOCUMENT C

Albert Cohen, ***Belle du Seigneur*** (1968), © Éditions Gallimard.

Roman de l'amour fou entre Ariane et Solal, Belle du Seigneur *est aussi une charge terrible contre la passion et la séduction amoureuse, dont le protagoniste dénonce les tours. Séduire, serait-ce mettre en place une stratégie qui, maîtrisée, ferait mouche à chaque fois ?*

Sache, ô cousin chéri, que le dixième manège est justement la mise en concurrence. Panurgise-la[2] donc sans tarder, dès le premier soir. Arrange-toi pour lui faire savoir, primo que tu es aimé par une autre, terrifiante de beauté, et secundo que tu as été sur le point d'aimer cette autre, mais que tu l'as rencontrée, elle, l'unique, l'idiote de grande merveille, ce qui est peut-être vrai, d'ailleurs. Alors, ton affaire sera en bonne voie avec l'idiote, kleptomane comme toutes ses pareilles.

Et maintenant elle est mûre pour le dernier manège, la déclaration. Tous les clichés que tu voudras, mais veille à ta voix et à sa chaleur. Un timbre grave est utile. Naturellement, lui faire sentir qu'elle gâche sa vie avec son araignon[3] officiel, que cette existence est indigne d'elle, et tu la verras alors faire le soupir du genre martyre.

---

1. *Empennée* : garnie de plumes.
2. *Parnurgise-la* : fais d'elle une parmi d'autres. Terme créé par Albert Cohen à partir du nom *Panurge,* l'un des personnages du *Pantagruel* (1532) de Rabelais. Dans le *Quart Livre* (1548-1552), au cours d'un voyage en mer, Panurge se querelle avec un marchand de moutons et jette l'un des animaux à l'eau, lequel est aussitôt suivi par tout le troupeau.
3. *Araignon* : terme créé par Albert Cohen à partir du mot *araignée.*

C'est un soupir spécial, par les narines, et qui signifie ah si vous saviez tout ce que j'ai enduré avec cet homme, mais je n'en dis rien car je suis distinguée et d'infinie discrétion. Tu lui diras naturellement qu'elle est la seule et l'unique, elles y tiennent aussi, que ses yeux sont ouvertures sur le divin, elle n'y comprendra goutte mais trouvera si beau qu'elle fermera lesdites ouvertures et sentira qu'avec toi ce sera une vie constamment déconjugalisée. Pour faire bon poids, dis-lui aussi qu'elle est odeur de lilas et douceur de la nuit et chant de la pluie dans le jardin. Du parfum fort et bon marché. Tu la verras plus émue que devant un vieux lui parlant avec sincérité. Toute la ferblanterie[1], elles avalent tout pourvu que voix violoncellante. Vas-y avec violence afin qu'elle sente qu'avec toi ce sera un paradis de charnelleries perpétuelles, ce qu'elle appellent vivre intensément. Et n'oublie pas de parler de départ ivre vers la mer, elles adorent ça. Départ ivre vers la mer, retiens bien ces cinq mots. Leur effet est miraculeux.

DOCUMENT D

FOUAD LAROUI, ***De quel amour blessé*** (1998), Épilogue.

➠ p. 136-138 l. 1-54

DOCUMENT E

FOUAD LAROUI, ***De quel amour blessé*** (1998), Annulation de l'épilogue.

➠ p. 139 l. 1-25

QUESTIONS SUR LE CORPUS

1. Quels sont les registres dominants dans les documents A et B ? Identifiez les images littéraires communes aux deux textes pour chanter le ou la bien-aimé(e).

2. En quoi peut-on dire que les documents C, D et E constituent une remise en question ou une réécriture parodique de la passion amoureuse, telle qu'elle s'exprime dans les documents A et B ?

---

1. *Ferblanterie* : au sens figuré, chose, parole sans valeur.

TRAVAUX D'ÉCRITURE

Commentaire

Vous commenterez l'extrait du roman d'Albert Cohen (texte C) en vous appuyant sur le parcours de lecture suivant :

1. L'opposition de deux conceptions de l'amour : l'amour-passion et l'amour conjugal.

2. Une remise en cause de la passion et de ses clichés.

Dissertation

« Il n'y a pas d'amour heureux », disait le poète Louis Aragon. Fouad Laroui surenchérit : « La vérité est bien décevante. » En quoi la littérature peut-elle se présenter comme une illustration ou une réfutation de cette thèse ?

Vous répondrez à cette question de façon organisée, en appuyant vos propos sur des exemples précis, tirés des textes du corpus, des lectures faites en classe et de votre culture personnelle.

Écriture d'invention

La peinture littéraire de la passion amoureuse recourt volontiers au thème de la fatalité et, par exemple, à des images devenues des clichés, comme celles du feu dévorant, de la flèche qui frappe au cœur et provoque la maladie d'amour. Vous imaginerez une lettre ou un poème envoyé par Jamal à Judith, où il exprime son amour en ayant recours à ces images typiques de la passion. Cette lettre sera de trente lignes au minimum.

SUJET D'ORAL 1 L'incipit

TEXTE 1

FOUAD LAROUI, ***De quel amour blessé*** (1998), « Cette histoire se passe à Paris »
« La rue de Charonne, je ne saurais la décrire [...] conquis, disputé, perdu... » ➡ p. 7-10 l. 1-81

Question

En quoi peut-on dire que le début de *De quel amour blessé* répond à sa vocation d'incipit ?

Pour vous aider à répondre

Dans un roman, l'incipit doit faire connaître au lecteur les lieux et les personnages du récit ainsi que l'époque à laquelle se situe l'action. Lente préparation, description minutieuse du cadre du récit, dans un roman réaliste, par exemple. Souvent, il arrive aussi qu'un incipit propose une entrée ***in media res***, c'est-à-dire en pleine action, sans aucune préparation.

Ce dernier procédé est l'un de ceux qui permettent à la narration d'intéresser d'emblée le lecteur. Mais on peut parvenir à capter l'attention de bien d'autres manières, et notamment en ouvrant le roman sur une phrase choc, comme le fait par exemple Albert Camus au début de ***L'Étranger*** (1942) : « Aujourd'hui, Maman est morte », écrit-il, en une phrase demeurée célèbre.

Une autre façon de susciter l'intérêt peut consister à rompre avec les conventions attendues, à les subvertir ou à se jouer d'elles. Ainsi en va-t-il de l'incipit du roman de Denis Diderot, ***Jacques le Fataliste*** (1773) : « Comment s'étaient-ils rencontrés ? Par hasard, comme tout le monde. Comment s'appelaient-ils ? Que vous importe ? D'où venaient-ils ? Du lieu le plus prochain. Où allaient-ils ? Est-ce que l'on sait où l'on va ? Que disaient-ils ? Le maître ne disait rien ; et Jacques disait que son capitaine disait que tout ce qui nous arrive de bien et de mal ici-bas était écrit là-haut. »

Bref, un incipit établit avec le lecteur une sorte de contrat de lecture, qui doit lui permettre d'identifier le genre littéraire auquel il a affaire (ou qui est remis en cause) dans le livre qu'il ouvre.

Comme à l'entretien

1. À quel type d'incipit rattacheriez-vous celui du roman *De quel amour blessé* ?

2. En quoi ce commencement est-il éclairant quant aux problématiques essentielles du roman ?

3. Ce début est-il le véritable incipit du roman ?

4. Quel autre type d'incipit pourriez-vous proposer : lente ouverture descriptive, *in medias res*[1] ?...

1. *In medias res* : voir ci-dessus, note 4, p. 72.

SUJET D'ORAL 2 Le voyage au Maroc

TEXTE 2

Fouad Laroui, ***De quel amour blessé*** (1998), chapitre 1
« Le gendarme marocain (*gendarmus marocanus vulgarus*) est un animal étrange [...] *Say no more.* » ➡ p. 16-18 l. 114-183

Question

En quoi cette mise en scène du retour de Jamal au pays de ses parents est-elle présentée à la manière d'un petit conte philosophique ?

Pour vous aider à répondre

Le conte philosophique, qui s'épanouit au XVIIIe siècle, notamment sous la plume de Montesquieu et de Voltaire, est une histoire fictive dont l'objectif est de mettre en place une critique de la société, société dont on fustige les mœurs, et le pouvoir, notamment dans sa dimension intolérante.

La portée satirique du conte est évidente, dès lors qu'il s'agit de se moquer des travers d'un individu ou d'un type d'individus, et de glisser dans le récit une critique de la société contemporaine.

Le conte philosophique a pour caractéristique de proposer une sorte de morale. Celle-ci apparaît bien souvent sous la forme paradoxale de l'ironie. Ainsi Voltaire, dans ***Candide*** (1759), se moque-t-il de l'optimisme philosophique en reprenant, à chaque mésaventure de son personnage principal, la formule du philosophe allemand Leibniz (1646-1716) : « Tout est pour le mieux dans le meilleur des mondes », afin d'en montrer la vacuité.

L'un des cadres récurrents du conte philosophique à la manière des écrivains et philosophes des Lumières est celui d'un Orient imaginaire, à la mode au XVIIIe siècle, notamment depuis la traduction en français des contes arabes des ***Mille et Une Nuits,*** par Antoine Galland (de 1704 à 1717).

Comme à l'entretien

1. Comment la satire de la société marocaine à l'œuvre dans le texte 2 est-elle rattachée à la problématique de l'immigré qui a perdu contact avec son pays d'origine ?

2. En quoi, dans ce texte, le narrateur est-il le seul à tirer son épingle du jeu ?

3. En dehors du conte, ce passage ne peut-il pas aussi être rattaché au genre de la nouvelle réaliste ?

4. Quels autres passages du roman vous semblent pouvoir être rattachés, de près ou de loin, au genre du conte ?

JET D'ORAL 3 La question des racines

TEXTE 3

FOUAD LAROUI, ***De quel amour blessé*** (1998), chapitre 7

« – Tu veux savoir ce qui est important ? [...] – *Say no more.* »

➡ p. 80-83 l. 82-180

Question

En quoi le dialogue sert-il l'argumentation du narrateur sur la question des « racines » ?

Pour vous aider à répondre

Une des questions cruciales, dès lors que l'on envisage la question de l'émigration, est celle des « racines », culturelles, familiales, que l'on arrache ou que l'on parvient à transplanter dans le pays d'accueil. Cette question est celle de l'identité individuelle, face au phénomène de la double culture. Mais y a-t-il réellement double culture, lorsque les enfants de la seconde génération ignorent quasiment tout du pays d'origine de leurs parents, et dès lors que rien, sinon le nom, ne les rattache à ce qu'ils pensent être leurs racines ? Une identité fantasmée, dès lors, plutôt que de s'avérer une richesse, peut servir d'entrave à ce que, en France, on nommerait « intégration ».

Comme à l'entretien

1. Quels éléments du dialogue permettent de rattacher le personnage de Jamal à celui de son cousin Momo ?

2. À quels autres dialogues argumentatifs extraits du roman pourriez-vous comparer le présent passage ?

3. À l'échelle du roman, Jamal apparaît-il plutôt comme une victime de l'émigration ou comme quelqu'un dont l'intégration a été réussie ?

4. Quels éléments du passage étudié se rattachent à la question de la mise en abyme et à celle de la parodie de la passion amoureuse ?

SUJET D'ORAL 4 L'amour blessé d'un père et d'un fils

TEXTE 4

FOUAD LAROUI, ***De quel amour blessé*** (1998), chapitre 8
« ... Ben, mon reup y s'appelle Mohamed [...] J'ai jeté mon cahier de classe. » ➡ p. 87-90 l. 22-119

Question

En quoi la forme autobiographique, même parodiée, met-elle en lumière la question du conflit des générations entre le père et le fils ?

Pour vous aider à répondre

Nombreuses sont les formes littéraires qui, souvent sous une forme parodique, trouvent une place dans *De quel amour blessé*. Au chapitre 8, Jamal sert de narrateur relais et prend la parole pour raconter le conflit générationnel qui le sépare de son père. La forme est parodique, dans la mesure où le récit est fait dans la langue approximative, maladroite du protagoniste ; dans la mesure aussi où le narrateur principal, dès le chapitre suivant, viendra corriger le point de vue donné par Jamal. Néanmoins, comme dans une véritable autobiographie, celle de Jamal, qui laisse transparaître l'amour blessé d'un fils pour son père, témoigne bien du pacte de sincérité devant exister entre le narrateur et son lecteur.

Comme à l'entretien

1. En quoi le chapitre « Pour rétablir une vérité » vient-il corriger le point de vue donné dans le chapitre 8, en prenant le parti du père ?
2. En quoi ce chapitre donne-t-il l'explication du titre du roman ?
3. Quels autres genres littéraires sont repris et parodiés dans le roman ?
4. À votre avis, le conflit des générations prend-il ici une forme spécifique, liée à la question de l'immigration, ou est-il sensiblement le même, quels que soient les familles et les milieux ?

Pour aller plus loin

Interview de Fouad Laroui

1. Le sujet apparent du roman est l'amour impossible entre une Juive et un Arabe, à notre époque. A-t-on raison de penser que, cependant, l'essentiel du propos se situe ailleurs et peut-on aller jusqu'à dire que la trame romanesque n'est finalement qu'un support ou un prétexte pour parler d'autre chose ?

Je crois que ***l'amour blessé*** auquel le titre fait référence est surtout celui qui lie le père à son fils : un amour qui ne peut même pas s'exprimer, puisque père et fils ne parlent pas la même langue, au propre comme au figuré. En fait, dans ce livre, il s'agit de la condition de l'immigré, de l'étranger, considérée dans plusieurs de ses dimensions.

2. Faites-vous, alors, une différence entre vos écrits romanesques et vos essais ou vos articles de journaliste ?

Oui. Le romancier est, d'une certain façon, ***irresponsable*** : il n'a pas à fournir de preuve de ce qu'il avance, il n'a pas à présenter de témoins ou à révéler ses sources, ce qui peut être le cas pour le journaliste. L'essayiste, lui, doit persuader : par le raisonnement, par la rhétorique, par l'accumulation des données factuelles. Il y a donc là trois métiers bien distincts. Je les exerce tous les trois, à mes risques et périls…

3. Dans De quel amour blessé, *vous critiquez assez sévèrement la société marocaine contemporaine, comme vous le faites dans vos autres romans ou nouvelles. Je suppose que cette critique a suscité de vives réactions au Maroc…*

Il faut toujours regarder la date de parution de mes livres pour pouvoir les situer dans leur contexte. ***De quel amour blessé*** a été publié en 1998, au moment où Hassan. Il vivait encore et où le régime politique était assez imprévisible. Un livre pouvait être interdit, une personne arrêtée sans raison convaincante. J'ai été pris à parti par la presse gouvernementale à cause de mon attitude trop critique. Dix ans plus tard, les choses ont quand même changé.

4. Une question naïve : avez-vous la liberté de circuler librement dans votre pays d'origine ?

Sans problèmes. Aujourd'hui – touchons du bois –, tout le monde peut circuler librement au Maroc.

5. Vous rattachez-vous à un courant littéraire marocain et, si tel est le cas, quels sont pour vous les écrivains en vue au Maroc, ou, plus largement, au Maghreb ?

Je ne me rattache à aucun courant littéraire au Maroc sauf à celui, très vague, des écrivains d'expression française. D'ailleurs, il n'y a pas à proprement parler de courants, mais plutôt des genres. Au cours des dernières décennies, on a vu apparaître le témoignage féminin, l'autobiographie des anciens prisonniers politiques, etc, mais bien évidemment je n'y appartiens pas.

6. Du côté des Français, vous faites de Voltaire et de Diderot vos deux maîtres. Mais vous découvrez-vous des sympathies particulières pour certains écrivains français contemporains, et lesquels ?

Je cite aussi André Breton, Céline (pour le style uniquement !), voire Queneau ou Perec dans mes sympathies contemporaines, mais ils ne sont pas vraiment contemporains… Pour les vrais contemporains, rien ne s'est encore fixé. Je m'enthousiasme régulièrement, pour un roman de Richard Millet ou de Anne Bragance ou de X ou Y, mais c'est ponctuel.

7. Pensez-vous que l'on puisse reprocher à la littérature française contemporaine, comme on le fait parfois, une sorte de nombrilisme, de parisianisme, qui l'empêche de se tourner vers les problèmes du monde et croyez-vous que les écrivains francophones non français aient un rôle à jouer pour faire éclater ce phénomène ?

C'est une dichotomie séduisante (au moins pour moi, puisqu'elle me donne une mission « universelle »...) et qui a sans doute sa part de vérité. Cela dit, Rufin, Orsenna, Le Clézio, et même d'Ormesson, voient plus loin que le périphérique. Je cite spontanément ces quatre noms, mais en réfléchissant un instant, je pourrais en trouver bien d'autres. Cela dit, par le simple fait qu'ils viennent de la périphérie, du « vaste monde », les francophones non français font souffler dans la littérature française les vents du grand large. C'est aussi le cas en Grande-Bretagne, d'ailleurs. Tant mieux : cela fait des langues vraiment « mondiales ».

8. Pensez-vous qu'une des missions de la littérature soit de rire de tout ou vous imposez-vous des limites à la satire et à l'ironie ?

Il faut, effectivement, pouvoir rire de tout. Les seules limites que je vois sont la diffamation (mais alors il faut aller devant le juge et ne pas vouloir se faire justice soi-même) et la cruauté ou la méchanceté gratuite : je ne vois pas comment on pourrait rire ou vouloir faire rire d'un enfant malade du cancer. Il ne s'agit ni de censure ni d'autocensure mais de limites en quelque sorte « naturelles », qui tiennent à la constitution de l'homme. L'homme est fait d'empathie.

9. Une des questions essentielles du roman est celle de la place des jeunes générations issues de l'immigration, comme on dit, dans un pays comme la France. Ai-je raison de penser que, plutôt que d'en faire de simples victimes, vous cherchez davantage à les bousculer, afin qu'ils assument un destin qu'ils doivent choisir ?

Il y en a qui sont de vraies victimes, par exemple du racisme ou de la discrimination à l'emploi ou à l'embauche. Ce sont des choses qui existent, malheureusement. Mais, pour autant, ce n'est pas la peine de prendre en toutes circonstances la position de la victime. Ça ne résout rien. Mieux vaut accepter cette réalité amère que la vie n'est pas toujours rose, que le monde n'est pas toujours équitable, et à partir de ce constat, faire de son mieux pour « s'en tirer » quand même. Les Noirs américains qui ont adopté cette attitude, qui ont fait des études envers et contre tout, qui ont travaillé dur, s'en sont mieux sortis que ceux qui n'ont fait que ressasser leur rancœur – rancœur souvent justifiée d'ailleurs.

10. À cet égard, le jugement (si jugement il y a) que vous semblez porter sur les deux amants du roman, Jamal et Judith, est ambigu : peut-on dire que, au final, vous les jugez sans envergure, et pas à la hauteur de leur « amour » ? D'ailleurs, s'aiment-ils vraiment ?

Il n'y a pas vraiment de jugement, mais il est vrai que le narrateur estime que cette histoire d'amour, ou plutôt cette amourette d'adolescents, n'a en elle-même pas beaucoup d'importance : et c'est tant mieux ! Laissez-les vivre, a-t-on envie de dire. Mais c'est l'entourage, la famille, la société, la politique, l'Histoire, etc, qui créent les problèmes. C'est, si l'on veut, l'une des thèses du roman.

11. À votre avis, s'il y avait un personnage à « sauver » dans **De quel amour blessé*****, au sens où il est l'un des seuls à figurer plutôt en véritable victime, ne serait-ce pas le personnage du père ? Le roman n'est-il pas un prétexte pour parler de ce père ?***

Oui, le père est bien, avec la mère, le personnage clé du roman. Lui, c'est vraiment une victime et il n'y peut rien. Comme je l'ai dit plus haut, c'est effectivement un roman sur le père. Vous remarquerez que c'est un thème très présent dans la littérature maghrébine d'expression française.

À lire, à voir

ARTICLES, DE OU SUR FOUAD LAROUI, POUVANT ÉCLAIRER LA LECTURE DU ROMAN

• Fouad Laroui, **Le Maroc comme fiction**, in *Le Magazine littéraire*, « Écrivains du Maroc », n° 375, avril 1999.
Nous citons à plusieurs reprises cet article, dans lequel l'auteur exprime sa position d'écrivain engagé, dont l'œuvre vise à stigmatiser toutes les formes de bêtise ou d'intégrisme.

• Tahar Ben Jelloun, **De l'un aux autres, Comment être un individu au Maroc ?** in *Le Monde*, 9 avril 1999.
Cet article est centré sur Méfiez-vous des parachutistes *(1999). Ben Jelloun y analyse un des propos du roman, celui de la place de l'individu dans un*

pays comme le Maroc. Difficile, donc, de s'affirmer en tant qu'être singulier au sein d'une culture qui fond l'individu dans la masse et où on vit « les uns sur les autres », selon l'expression de Ben Jelloun.

• *Par ailleurs, on peut lire de nombreux articles de Fouad Laroui dans la revue* Jeune Afrique/L'Intelligent. *Laroui y commente, toujours avec ironie et humour, l'actualité internationale.*

SUR LA QUESTION DU PÈRE ET DU CONFLIT DES GÉNÉRATIONS DANS LA LITTÉRATURE FRANCOPHONE MAROCAINE

• DRISS CHRAIBI, *Le Passé simple*, collection « Folio », Gallimard, 1986.
Chraïbi est un des très grands écrivains marocains de langue française (1926-2007). Le Passé simple, *dont nous proposons un extrait (voir ci-dessus p. 172-174), fit sensation au moment de sa parution, non seulement pour ses qualités littéraires, mais aussi pour le scandale qu'il suscita : Chraïbi évoque avec force une société soumise à l'autorité patriarcale, où les femmes sont soumises et humiliées. Loin du Maroc de carte postale, Chraïbi, avec ce roman, fait entrer la littérature marocaine dans la modernité.*

• TAHAR BEN JELLOUN, *Jours de silence à Tanger*, collection « Points », Le Seuil, 1997.
Ben Jelloun rend ici hommage à son père, un vieil homme en apparence railleur mais dont la méchanceté reste superficielle.

• ABDELLATIF LAABI, *Le Fond de la Jarre*, Gallimard, 2006.
Un parcours autobiographique mené par Laabi, qui part sur les traces de son enfance à Fès, dans le Maroc d'avant l'indépendance.

SUR MAJNÛN ET LAÏLA

• ***L'Amour poème, Majnûn*** traduit de l'arabe par André Miquel, Actes Sud, 1998.

Le corpus du second sujet d'écrit propose un extrait du poème arabe consacré à Majnûn et Laïla, les deux amants mythiques d'Orient, connus de la Syrie jusqu'en Perse ou en Inde. Cette histoire, telle que la rapporte la légende, rappelle celle des amants d'Occident, Pyrame et Thisbé, surtout, mais aussi Tristan et Iseult, Roméo et Juliette... Il s'agit d'un amour impossible, les parents de Qais, le jeune homme, comme ceux de la jeune fille, s'opposant au mariage de leurs enfants qui s'aiment depuis l'enfance. Qais en devient fou, d'où son nom de Majnûn, « le Fou ». Le Fou d'Elsa, *c'est ainsi que Louis Aragon titrera l'un de ses recueils poétiques.*

SUR LA CRITIQUE DE LA SOCIÉTÉ DANS LE CINÉMA MAROCAIN

- ***Wechma***, film de Hamid Bennani, 1970.
Le jeune Messaoud se rebelle, prisonnier qu'il est d'un milieu familial et d'une société sclérosés. Il choisira la voie de la délinquance qui va le mener vers une fin tragique.

- ***Le Grand Voyage***, film d'Ismaël Ferroukhi, 2004.
Réda et son père quittent Aix-en-Provence pour le pèlerinage à La Mecque. Acte de foi pour le père, contrainte pour le fils, ce voyage met aux prises deux hommes qui ne sont pas « sur la même longueur d'ondes », comme le dit Reda à son père. Si le fils est bien intégré, le père, après 30 ans passés en France, ne sait ni lire ni écrire le français et s'exprime surtout en arabe. Conflit assuré...

- ***Marok***, film de Laïla Marrakchi, 2005.
Casablanca, en 1997 : des lycéens de la bourgeoise marocaine, élèves au lycée français Lyautey, s'amusent à contourner les interdits et les lois de la société musulmane. Rita tombe amoureuse de Youri, mais celui-ci est juif... et le frère de la jeune fille devient tout à coup plus respectueux qu'il ne l'était des règles de la religion...

PAPIER À BASE DE FIBRES CERTIFIÉES

Hatier s'engage pour l'environnement en réduisant l'empreinte carbone de ses livres. Celle de cet exemplaire est de :
700 g éq. CO_2
Rendez-vous sur www.hatier-durable.fr

Achevé d'imprimer par Black Print CPI Iberica S.L.U - Espagne
Dépôt légal 97165-5/03 - janvier 2017